Gewitter überm Bodensee

Von Danica Brückner bereits erschienen:

Meeresrauschen für Lara
Ausgemustert
Info unter:
www.Danica Brückner.de

Beachten Sie auch die Taunus-Ermittler-
Kriminalromanreihe von
Gabriele und Jürgen Jost
mit bislang 10 Bänden
Info unter:
www. Die-Taunus-Ermittler.de

DANICA BRÜCKNER

Gewitter überm Bodensee

Roman

Bibliografische Information der Deutschen Nationalbibliothek:

Die Deutsche Nationalbibliothek verzeichnet diese Publikation
in der Deutschen Nationalbibliografie; detaillierte bibliografische
Daten sind im Internet über http://dnb.dnb.de abrufbar.

Satz, Umschlaggestaltung, Herstellung und Verlag:
BoD – Books on Demand, Norderstedt

ISBN: 978-3-7494-7629-9

Inhalt

1.

Jessica Lenz

Jessica Lenz umarmte ihre Eltern zum Abschied. Wer die junge Frau an diesem Augustmorgen so sah, käme nicht einmal auf die Idee, dass sie noch vor wenigen Wochen kaum dazu in der Lage war, einen klaren Gedanken zu fassen. Zu sehr hatte sie der Tod ihres Mannes vor mehr als zwei Jahren aus der Bahn geworfen. Aber nun schien es dank ihrer Frankfurter Psychotherapeutin, Dr. Barbara Hollmann, endlich wieder aufwärtszugehen. Nur wer in die ausdruckslosen Augen der jungen Frau sah, konnte erahnen, wie es noch immer tief in ihrem Inneren aussah.

Zu dem vierzehntägigen Urlaub ins Allgäu, in den sie jetzt aufbrach, hatten sie die Eltern schon länger gedrängt. Als dann auch noch ihre Therapeutin ins gleiche Horn stieß und ihr nahegelegt hatte, durch einen kurzen Ausstieg aus dem Alltag endlich den Einstieg in die Verarbeitung des Traumas zu schaffen, hatte sie um des lieben Friedens willen nachgegeben. Von allein wäre Jessica nie auf einen solchen, in ihren Augen völlig abstrusen Gedanken gekommen. Doch dank der Ermutigung hatte sie nun kurzentschlossen in einem kleinen Hotel in Lindenberg eine Unterkunft gebucht.

Nun ja, dachte Jessica. Vielleicht wäre es nicht mal schlecht, wenn sie ihren Geburtstag nicht in der gewohnten Umgebung verbrächte, denn hier erinnerte sie doch alles an die letzte Feier mit Dominik.

Sofort bei dem Gedanken an ihn traten ihr die Tränen in die Augen. Verstohlen, weil ihre Eltern nicht merken sollten, wie es um sie stand, wischte sie sich aus dem Gesicht. Zu allem Überfluss begannen in dem Moment die Glocken der nahegelegenen Kirche von Groß-Gerau-Dornheim zu läuten, und augenblicklich standen ihr die Bilder von der Beerdigung ihres Mannes wieder vor Augen.

Kurzerhand beendete Jessica die Abschiedszeremonie, indem sie versuchte, mit einem reichlich verunglückten Lächeln ihre Traurigkeit zu überspielen: »Ich fahre ja nicht für ein Jahr weg, in vierzehn Tagen bin ich wieder da. Tschüss, bis bald.«

Dann stieg sie schnell ins Taxi, ohne sich noch einmal umzublicken. Der Fahrer hatte ihr Gepäck bereits in den Kofferraum gewuchtet und wartete schon seit einiger Zeit geduldig hinterm Steuer. Jessica, die sich aufrecht hingesetzt hatte, nickte dem Mann zu, und er gab Gas. Kurz darauf hatten sie die ruhige Seitenstraße der Mainzer Landstraße verlassen.

Jessica Lenz kauerte sich tief in den Rücksitz, und noch bevor der Fahrer bei Büttelborn auf die A67 nach Darmstadt abbog, überlegte sie, ob es nicht besser wäre, diesen irrsinnigen Plan aufzugeben und einfach umzukehren.

Aber dann, vielleicht weil sie das sanfte Dahingleiten des Autos beruhigte, brachte sie wieder Ordnung in ihre Gedanken und entschied sich trotz aller Vorbehalte, doch zu fahren. Schon allein um ihren Eltern etwas Ruhe zu gönnen, sie hatte ihnen in den letzten zwei Jahren wirklich sehr viel zugemutet. Außerdem setzten die beiden so viele Hoffnungen in diese Reise. Viel mehr jedenfalls als sie selbst. Sie nicht zu enttäuschen war Grund genug zu fahren.

Gerade als sie diesen schweren Entschluss gefasst hatte, hielt der Fahrer direkt vorm Haupteingang des Darmstädter Hauptbahnhofes an und schwang sich aus seinem Gefährt. Er hob den schweren Koffer aus dem Kofferraum und bot Jessica an, ihn zum Bahnsteig zu bringen.

»Das ist wirklich nicht nötig«, antwortete die junge Frau beinahe barsch und entriss ihm das Gepäckstück. »Auf Wiedersehen«, setzte sie schnell und etwas freundlicher nach und marschierte schnurstracks zu Gleis sechs, wo in wenigen Minuten der Intercity nach Ulm erwartet wurde.

Da ihre Eltern sie mit reichlich Taschengeld ausgestattet hatten, sah sie auf dem Wagenstandsanzeiger nach, wo in etwa der Speisewagen anhalten würde, und stellte sich an den richtigen Platz. So wie es früher die Eltern gemacht hatten, bevor ihr Vater den Führerschein gemacht hatte und sie nur noch mit dem Auto verreist waren.

Sie stand noch nicht lange, als die Lautsprecherdurchsage ihren Zug ankündigte, der kurz darauf in den Bahnhof einrollte. Genau wie sie es vorausberechnet hatte, kam der Intercity zum Stehen, und nur wenig später öffnete sich die Tür. Der freundliche Schaffner half ihr, den schweren Koffer hineinzuwuchten, und noch während sie an einem der freien Tische Platz nahm, setzte sich der Zug mit einem Ruck langsam in Bewegung.

Der Zugbegleiter kündigte den ersten Halt in Bensheim an. Wie automatisch sah Jessica aus dem Fenster und direkt auf das Elternhaus von Dominik, der hier geboren und aufgewachsen war, bevor er seine Ausbildung bei Opel in Rüsselsheim begonnen hatte. Ohne dass sie es wollte, schweiften ihre Gedanken zurück in die glücklichste Zeit ihres Lebens. Sie war schon immer etwas pummelig gewesen und hatte zeitlebens Schwierigkeiten gehabt, einen Freund zu finden, dessen Ansprüchen sie gerecht wurde. Die beiden dummen Jungs, der eine in der zehnten Klasse der Realschule, der andere kurz darauf in der Berufsschule, konnte man da nicht mitrechnen. Erst lange danach, sie war inzwischen schon siebenundzwanzig und fast zehn Jahre allein und einsam gewesen, war Dominik in ihr Leben getreten. Geknallt, besser gesagt. Sie waren sich in Rüsselsheim, wo er als Staplerfahrer bei einer großen Spedition arbeitete und sehr gut verdiente, in einem Selbstbedienungsrestaurant begegnet. Beide hatten sich an der Salatbar einen riesigen Berg …

»Ihr Salat bitte«, riss der Kellner des Speisewagens Jessica aus ihren Tagträumen, die erst mal Schwierigkeiten hatte, sich wieder in der Realität zurechtzufinden.

»Danke«, sagte sie zögernd, und gerade als sich der Mann wieder zum Gehen wandte, bestellte sie sich noch einen Kaffee.

Dass der Kellner sie schmunzelnd ansah, bekam Jessica überhaupt nicht mit, denn sie war sofort wieder in ihre Gedanken versunken, die immerfort um Dominik kreisten. Ausgerechnet an einer Salatbar in der Rüsselsheimer Innenstadt waren sie sich zum ersten Mal begegnet, wo sich beide ihre Teller mehr als üppig beladen hatten. Jessica hatte wie meistens nicht viel Zeit und war wie so oft erst in letzter Sekunde in diesem Lokal aufgetaucht, bevor ihre Mittagspause zu Ende war und sie zurück ins Blumengeschäft musste. Dominik Lenz war zur Spätschicht in der Spedition eingeteilt und war ebenfalls in Eile. So kam, was kommen musste, und sie rauschten auf dem Weg zur Kasse ineinander. Nicht nur, dass die Teller am Boden zerschellten, auch der Salat zierte den gesamten Raum vor der Kasse ebenso wie das Kostüm von Jessica. Auch Dominik war nicht unversehrt davongekommen. Ein großes Salatblatt thronte auf seinem Kopf. Als beide sich an- und umsahen, mussten sie laut lachen. Die Putzfrau, die gerade mit der Kehrschaufel auf sie zueilte, lachte nicht mit. Schließlich musste sie hier auf dem schnellsten Weg wieder für Ordnung sorgen, um nicht selbst Ärger zu bekommen. Ihre Miene war denn auch sauertöpfisch geblieben, als beide sich entschuldigt hatten. Dass inzwischen auch der Geschäftsführer herbeigeeilt war und ihnen Hausverbot erteilt hatte, hatten sie nur am Rande mitbekommen, denn bei ihnen hatte der Blitz derart heftig eingeschlagen, dass sie sich inmitten des ganzen Chaos leidenschaftlich geküsst hatten. Seit diesem Tag ging Jessica in ihrer Mittagspause oft zu Dominik in die Wohnung, vor allem, wenn er erst danach zum Spätdienst musste. Lange hielt diese Regelung allerdings nicht an, denn schneller, als beide für möglich gehalten hatten, kam der Tag, an dem Jessica bei ihrem Freund einzog. An ihrem ersten Jahrestag hatten sie sich verlobt.

Der Zug hielt in Heidelberg. Diese Bahnstation ließ sich wunderbar in die Erinnerungsreise einbauen, denn Jessicas erste gemeinsame Reise mit Dominik, ihre Verlobungsfahrt, war ein verlängertes Wochenende in der romantischen Neckarstadt gewesen. Sie waren Hand in Hand durch die Altstadt geschlendert, zum Schloss hinaufgestiegen und mit der Standseilbahn zum Königsstuhl hinaufgefahren. Irgendwo da oben im Wald hatten sie sich wild und leidenschaftlich geliebt, und Jessica, die im Grunde ihres Herzens eher konservativ und oft auch ein bisschen verklemmt war, hatte es genossen, von Dominik, der sehr viel offensiver, meist etwas chaotisch und manchmal sehr dominant war, dort oben verführt zu werden.

Es war eine herrliche, verrückte Zeit gewesen. Jessicas Eltern, Horst und Hannelore Schulte, waren von ihrem Schwiegersohn in spe begeistert, und so stand nichts mehr im Wege, ihn am zweiten Jahrestag ihrer ersten Begegnung zu heiraten. Es war ein wunderschönes Fest, das Jessicas Eltern liebevoll und dekorativ ausgerichtet hatten. In einem Landgasthaus zwischen Wolfskehlen und Griesheim hatten sie einen riesigen Saal gemietet und für ihre und Dominiks Verwandtschaft einen Reisebus-Shuttle organisiert. Sie hatten wirklich keinerlei Kosten und Mühen gescheut, ihr »Sorgenkind«, wie sie Jessica oft scherzhaft nannten, unter die Haube zu bringen. Mit Oliver, ihrem Bruder, hatten sie solche Schwierigkeiten nicht gehabt. Er war mit neunundzwanzig schon seit drei Jahren verheiratet und davor genauso lange verlobt gewesen. Mittlerweile hatte er mit seiner Frau Tanja drei Kinder, bei der ältesten Tochter war Jessica Patin.

Ach ja, dachte Jessica nun. Schwanger, das wurde sie fast drei Jahre nach der Hochzeit auch endlich – gute zwei Jahre war das jetzt her. *Was waren wir glücklich, als es doch noch geklappt hatte! Nach so vielen erfolglosen Versuchen.* Sie hatten ihr Glück gar nicht fassen können, als der Frauenarzt ihr die positive Nachricht mitteilte.

Es war alles so schön, denn Jessica hatte auf Dominiks Wunsch schnellstmöglich ihren Job im Blumenladen gekündigt und auch ihr Auto verkauft. Dominik hatte seinen Sportwagen abgeschafft und als Familienwagen einen Kombi gekauft. Er unterstützte sie, wo immer er konnte, und chauffierte sie zu allen Terminen, um ihr und dem werdenden Kind möglichst viel Ruhe zu gönnen. Darüber hinaus hatte er so viele Überstunden wie möglich gemacht, um zusätzliches Geld zu sparen, damit seine heißgeliebte Frau die ersten Lebensjahre des Kindes zu Hause verbringen konnte. Nur so, und weil Dominik wahrscheinlich völlig übermüdet von der vielen Arbeit war, konnte das alles passieren. Eines Tages kam dann dieser schreckliche Anruf, den Jessica zuerst überhaupt nicht begriff. Ihr über alles geliebter Mann hatte einen schweren Arbeitsunfall erlitten und war gerade mit dem Rettungshubschrauber auf dem Weg ins Krankenhaus.

Als sie endlich verstanden hatte, was Dominiks Chef ihr versuchte, so schonend wie möglich begreiflich zu machen, hatten sie auf der Stelle die düsteren Vorahnungen gepackt. Sie erinnerte sich noch gut daran, wie ihre Finger so sehr gezittert hatten, dass sie kaum den

Hörer halten konnte, als sie die Nummer der Eltern ins Display eingetippt und sie um Hilfe gebeten hatte. Das war auch sehr gut so gewesen, denn …

Jessica erschrak heftig, als die Stimme des Schaffners an ihr Ohr drang.

»Ihre Fahrkarte bitte«, bat der etwas ungeduldige Mann sie erneut.

»Natürlich«, stammelte Jessica und durchwühlte ihre große Umhängetasche.

»Haben Sie nun eine Fahrkarte oder nicht?«

»Ja, ich hab eine, aber ich muss sie suchen.«

»Dann beeilen Sie sich mal, ich habe nicht den ganzen Tag Zeit.«

Erneut durchsuchte Jessica ihre Tasche, langsam wurde sie nervös. Es dauerte einen Moment, bis ihr die Erleuchtung kam und sie den hinteren Reißverschluss aufzog. Schnell nahm sie die Reisedokumente zur Hand und hielt sie dem Zugbegleiter hin.

»Das war Ihr Glück«, sagte er nun etwas milder, als er den Fahrschein kontrolliert und wieder zurückgegeben hatte. Da er merkte, dass die Frau irgendwie derangiert wirkte, fuhr er nun deutlich freundlicher fort: »Was haben Sie denn? Kann ich Ihnen irgendwie behilflich sein?«

»Nein«, sagte Jessica ziemlich hart. »Das schafft niemand.«

Als der Zugbegleiter sie weiterhin fragend ansah, setzte sie erklärend hinzu: »Ich habe einen ziemlich schweren Schicksalsschlag erlitten, aber damit muss ich schon alleine fertigwerden.«

»Ach so, na denn, gute Reise«, setzte der Mann mit der dicken Brille nach.

Während der Schaffner in Gedanken noch bei der Frau war, trat er vor die nächsten Mitreisenden, die ihm das Ticket schon hinhielten.

Jessica, in ihrem Selbstmitleid gefangen, bekam das alles überhaupt nicht mit, sie hatte erneut jegliches Interesse an ihrer Umwelt verloren. Auch den Mann, der ihr Gespräch verfolgt hatte, nahm sie nicht wahr. Was Jessica allerdings bemerkte, war, dass ihr Kaffee inzwischen kalt geworden war. Sie rief den Kellner herbei, bestellte bei ihm eine Cola, und als die vor ihr stand, versank sie wieder in ihren Tagträumen.

Als sie von Dominiks Unfall gehört hatte, hatte sie die Eltern angerufen, und sie waren gemeinsam in die Klinik gefahren. Erst dort erfuhren sie, was genau geschehen war.

Dominik hatte an dem Tag schon drei Überstunden gemacht und war völlig übermüdet, da in der vergangenen Woche auch so einiges an Sonderschichten zusammengekommen war. Sein Chef hatte ihn schon einige Male darauf angesprochen, dass ihm das ganz und gar nicht gefalle und es ohne Ruhepausen nicht gehe. Schließlich habe er auch eine Verantwortungspflicht gegenüber seinen Mitarbeitern. Das hatte Jessica aber erst sehr viel später erfahren, denn Dominik hatte es seiner Frau verschwiegen, weil er sie in ihrem Zustand damit nicht belasten wollte.

Wahrscheinlich hatte er aus Übermüdung das Stoppsignal nicht bemerkt, das ihm das Überqueren der Rangierbahn für den Lastzug untersagte. Der Fahrer des Lastzuges wiederum, der gerade rückwärts an das Ladetor heranfahren wollte, hatte Dominik mitsamt seinem Stapler übersehen und ihn seitlich gerammt. Dabei war das tonnenschwere Gefährt umgestürzt und hatte den jungen Mann unter sich begraben. Seine Beine waren nicht mehr zu retten gewesen und mussten in einer sofortigen Notoperation amputiert werden, aber auch sein Leben hatte an einem seidenen Faden gehangen.

»Wenn er die kommende Nacht überlebt«, hatte der Chefarzt zu Jessica, ihren und Dominiks Eltern gesagt, »hat er recht gute Chancen, durchzukommen.«

Jedoch das nicht ausgesprochene »aber« war nicht zu überhören gewesen.

So hatten alle Familienmitglieder über Nacht an seinem Bett gesessen und gebetet. Als er gegen fünf in der Früh endlich die Augen aufgeschlagen hatte, waren alle erleichtert und wollten ihn umarmen, während er hauchte: »Unser Kind wird …« Dann war sein Kopf mitten im Satz zur Seite gesunken, und er war in Jessicas Armen gestorben. Sie konnte sich nur noch daran erinnern, dass sie laut aufgeschrien hatte und zusammengebrochen war. Dass sie in diesem Augenblick auch ihr ungeborenes Kind, das sie seit etwa fünf Monaten unter dem Herzen trug, verloren hatte, musste man ihr später sehr schonend beibringen.

Noch während sie im Krankenhaus lag, um wieder zu Kräften zu kommen, war sie wild entschlossen gewesen, sich das Leben zu nehmen. Bei der erstbesten Gelegenheit hatte sie in einem unbeobachteten Augenblick einen

Servierwagen entführt, mit dem neben dem Abendessen auch die Abendration an Tabletten für die Patienten dieser Station verteilt werden sollten. Als man sie fand, hatte sie sich bereits die Hälfte davon einverleibt. Obwohl oder gerade, weil sie nie sehr religiös gewesen war, hatte sich in ihrem Gehirn der Gedanke breitgemacht, sie müsse sich nur das Leben nehmen, um ihrem Dominik in eine bessere Welt nachzufolgen.

Das hatte ihr damals fast acht Wochen in der geschlossenen psychiatrischen Abteilung der Frankfurter Uniklinik eingebracht, die die Hölle waren. Schließlich war ihr in dieser Zeit bewusst geworden, welches Leid sie ihrer Familie mit diesem Suizidversuch zugefügt hatte.

Die andauernde Beschäftigung mit der Vergangenheit tat ihr nicht gut, der Schmerz war wieder einmal so stark, dass sie ihn fast körperlich zu spüren begann. Sie riss sich mit allerletzter Kraft aus ihren Tagträumen und bezahlte ihre Rechnung. Inzwischen fuhren sie bereits durch die Schwäbische Alb Ulm entgegen. Jessica sah gedankenverloren aus dem Fenster.

Der Zug fuhr gerade oberhalb von Geislingen an der Steige vorbei, und das Städtchen, das unterhalb der Bahnstrecke in einem weiten Talkessel lag, zog ihren Blick magisch an. Für einen Moment vertiefte sie sich in die Landschaft, die vorm Zugfenster vorbeiglitt, und beruhigte sich wieder etwas. Fast apathisch sah sie weiter aus dem Fenster, und erst als die Silhouette des Ulmer Münsters in ihrem Blickfeld auftauchte, wurde sie sich bewusst, dass sie gleich umsteigen musste. Sie packte gerade ihre Siebensachen zusammen, als der Zugbegleiter vorbeikam, der sich daran erinnerte, die junge Frau eine Stunde zuvor ganz apathisch gesehen zu haben.

»Nach Röthenbach im Allgäu wollen Sie?«, fragte er fürsorglich.

»Ja.«

»Dann müssen Sie zum Gleis zwei gehen, dort fährt gleich der Regionalexpress nach Immenstadt ein. Wir sind planmäßig in der Zeit, sodass Sie in aller Ruhe umsteigen können.«

»Danke«, sagte Jessica mechanisch, um dann etwas lebhafter hinzuzufügen: »Könnten Sie mir vielleicht mit dem schweren Koffer helfen?«

»Aber natürlich«, sagte der rundliche, gemütliche Schaffner. Doch dann bot sich der Mann, der sie schon seit Stuttgart beobachtet hatte, unerwartet an.

»Das kann ich auch machen, junge Frau, dann kann der Zugbegleiter seinen Dienst weiter verrichten.«

»Oh, das wäre nett von Ihnen«, meinte der Schaffner und ging weiter.

Erst jetzt sah Jessica den Mann zum ersten Mal an, und ihr war sofort mulmig zumute. *Was ist eigentlich dabei? Er will mir doch nur mit dem schweren Koffer helfen.* Aber da hatte sie sich gründlich geirrt. Kaum standen sie auf dem Bahnsteig, da fragte der Mann auch schon: »Was ist denn mit Ihnen? Haben Sie Kummer oder Probleme?«

»Wie kommen Sie darauf?«, fuhr Jessica ihn fast schon ärgerlich an.

»Nun ja, ich habe im Zug beobachtet, dass Sie geweint haben.«

»Das geht Sie gar nichts an.«

»So? Gut. Dann sagen Sie mir, wo Sie hinwollen – ich bringe Ihnen das Gepäck bis in den Zug; ich habe massenhaft Zeit.«

Für einen Moment wollte Jessica dem Mann seinen Willen lassen, da ihr uraltes Monstrum von einem Koffer noch keine Rollen zum Ziehen hatte. Doch dann entriss sie dem Möchtegern-Casanova das Gepäckstück und fuhr ihn an: »Ich will zu meiner Tante ins Allgäu, und sie erwartet mich schon.«

»Wirklich?«, fragte der junge Kerl, und als Jessica in Richtung Gleis zwei davonhastete, eilte er ihr hinterher und sagte: »Bleiben Sie doch hier in Ulm! Es ist wirklich sehr schön hier! Ich könnte Ihnen Ecken zeigen, die noch kein Tourist je gesehen hat. So wahr ich Harry Kreibnitz heiße.«

Dann versuchte er seinen Arm um die Frau zu legen und sie an sich zu ziehen.

Ohne zu zögern holte Jessica kurz, aber heftig aus und versetzte dem Lüstling eine laut schallende Ohrfeige, sodass seine Backe augenblicklich blutrot anlief.

»Nehmen Sie die Pfoten weg!«, stieß sie halb schreiend hervor und entwand sich ihm schnell.

»So ist's recht, junge Frau«, sagte eine andere Stimme neben ihr. Jessica drehte sich blitzschnell um.

»Wehren Sie sich nur«, setzte der Mann grinsend nach, der nicht weit entfernt von ihnen stand und die Szene mitbekommen hatte. »Diesen jungen Burschen muss man Grenzen aufzeigen, sonst kommen sie auf die dümmsten Gedanken.«

»Halten Sie sich doch da raus«, polterte Harry Kreibnitz los. »Wenn Sie neidisch sind, dass Sie keine abkriegen, sehen Sie doch mal in den Spiegel. Aber lassen Sie mich und meine Liebste in Ruhe.«

»Wie bitte?«, stotterte Jessica. »Jetzt schlägt's aber dreizehn! Lassen Sie mich endlich in Frieden, sonst versäume ich noch meinen Zug.«

Schnell nahm sie ihren Koffer auf, bedankte sich bei dem Mann, der ihr zur Hilfe gekommen war, und eilte los. Gerade als sie den Bahnsteig erreichte, fuhr ihr Anschlusszug in die Halle ein. Jessica wollte noch einen Schritt schneller gehen, knickte aber leider um und kam nun nur noch humpelnd weiter. Der Schaffner hatte sie schon kommen sehen und schritt ihr entgegen.

»Ich helfe Ihnen«, sagte er schnell, öffnete die Tür und schob den Koffer hinein. Jessica stieg ein und suchte sich einen Sitzplatz aus. »Vielen Dank.«

Sie hatte es kaum ausgesprochen, da ließ der Lokführer das tonnenschwere Gefährt aus dem Bahnhof rollen, und Jessica fiel in die Polster zurück.

Inzwischen war es fast Mittag, und der Zug hatte gerade den Bahnhof Memmingen passiert. Jessicas Fuß schmerzte schon fast nicht mehr, und auf den Kunststoffsitzen des alten Waggons saß sie einigermaßen bequem, sodass ihre Gedanken erneut in die Vergangenheit abdriften konnten. Seit sie so allein war, wie ein Mensch überhaupt nur sein konnte, hielt sie sich ohnehin nicht mehr gern in der Gegenwart auf. Sie dachte erneut an ihre Zeit in der Psychiatrie und zog ein weiteres Mal Bilanz, was ihr seit Dominiks Tod so alles passiert war.

Nun, einen Selbstmordversuch würde sie wohl heute nicht mehr unternehmen. Und auch der heftige Absturz bald darauf mit durchzechten Nächten und teilweise auch Tagen – mehr als einmal hatte sie ihr Vater aus der einen oder anderen Kneipe heimholen müssen – war etwas, was ihr zumindest derzeit nicht mehr passieren würde. Seit sie begriffen hatte, was sie ihren Eltern damit zugemutet hatte, nahm sie sich deutlich zusammen. Aber wer wusste schon, was in zehn oder fünfzehn Jahren sein würde?

Kaum hatte sie diesen Gedanken zu Ende gedacht, da geriet ihre Psyche noch weiter ins Wanken.

»Warum soll ich eigentlich Urlaub machen?«, murmelte sie fast schon zornig. *Für was und für wen? Und vor allem von wem oder was? Von meinen Erinnerungen vielleicht? Nein – niemals. Das ist schließlich alles, was mir noch geblieben ist.*

Aber nahezu gleichzeitig dachte sie auch an ihre etwas jüngere Schwägerin Tanja, die in den letzten beiden Jahren unentwegt auf ihren Gefühlen herumgetrampelt war. Ihr wollte sie den Triumph, dass sie umkehrte, ja fast schon panisch vor ihrem Urlaub floh, aber auf keinen Fall gönnen. Tanja würde zwar nie offen gegen Jessica vorgehen, aber sie mochte sie nicht und verschickte kleine, spitze Pfeile, wann immer das einigermaßen unauffällig möglich war. Wahrscheinlich dachte sie, es falle so niemandem auf. Zu verstehen war das nur, wenn man die Vorgeschichte kannte. Denn Tanja, die mit ihrer eigenen Familie vollkommen zerstritten war, sah in den Schwiegereltern so etwas wie Ersatzeltern und in Jessica eine ernsthafte Konkurrenz um deren Gunst.

Zum Glück kam in dem Moment der Regionalexpress in Immenstadt an, und Jessica war gezwungen, sich wieder auf das Hier und Jetzt zu konzentrieren. Sie musste mitsamt ihrem Gepäck den Zug verlassen und auf den anderen Bahnsteig wechseln. Für einen kurzen Moment überlegte sie sich, ob es nicht sinnvoller wäre, von hier aus mit dem Taxi nach Lindenberg zu fahren, aber dann siegte ihre Vernunft: Von Immenstadt aus waren es noch gut und gern fünfunddreißig Kilometer, vom Bahnhof Röthenbach aus dagegen nur noch acht. Da fuhr sie doch besser noch ein Stück mit der Bahn, auch wenn es beschwerlicher war.

Sie musste sich beeilen, um den Zug noch zu erwischen. Während sie durch die Unterführung hastete, bestellte sie sich per Handy ein Taxi an den Bahnhof Röthenbach, und das war gut so. In ihrem Abteil der Regionalbahn machte eine Jugendgruppe einen derart infernalischen Lärm, dass an Telefonieren nicht mehr zu denken war.

2.

Marion Brandt

Nur vier Tage nachdem Jessica Lenz ihre Reise ins Allgäu angetreten hatte, brach auch Marion Brandt in die gleiche Richtung auf. Geradeso wie Jessica – die sie weder kannte noch jemals von ihr gehört hatte – fuhr auch sie nicht aus eigenem Antrieb in den Urlaub. Ganz im Gegenteil, ihr selbst wäre es im Traum nicht eingefallen zu verreisen. Dazu war sie als Inhaberin zweier Blumenläden beruflich viel zu sehr eingespannt.

Hätte nicht Uschi, ihre älteste und treueste Mitarbeiterin, für Marions fünfundvierzigsten Geburtstag gesammelt und ihr dann den Reisegutschein überreicht, sie wäre ganz bestimmt nicht gefahren.

Ursula Klinger war seit neunzehn Jahren bei Marion angestellt, seit sie in Viernheim den ersten ihrer beiden Blumenläden übernommen hatte. Sie war der einzige Mensch, der ihr wirklich etwas bedeutete. In all den Jahren war Uschi zu einer Art mütterlichen Freundin für Marion geworden, die schon sehr früh ihre Eltern verloren und auch sonst im Leben nicht sehr viel Gutes erfahren hatte.

Marion Brandt war schon fast zwanzig Minuten unterwegs, als sie am Autobahnkreuz Walldorf auf die A6 in Richtung Heilbronn abbog. Sie beschleunigte ihr elegantes BMW-Cabrio fast bis zur Höchstgeschwindigkeit und ließ ihre Gedanken gut fünfundzwanzig Jahre in die Zeit zurückwandern, als ihre Eltern noch gelebt hatten. Sie waren immer gut zu ihr gewesen, ein bisschen streng vielleicht, aber anständig und klug. Vom ersten Tag an hatten sie ihre Tochter vor Dragomir Pavlovic gewarnt, aber sie hatte nicht auf sie hören wollen und den Mann schließlich sogar geheiratet.

Schon mit ihren zarten neunzehn Jahren, als sie den charmanten Serben kennenlernte, hätte sie merken können, dass der Mann nicht einen Augenblick lang treu war. Aber in ihrer jugendlichen Verliebt- und Unbekümmertheit ahnte sie nicht, was er so trieb, wenn sie nicht zusammen waren.

Plötzlich scherte direkt vor Marions Auto ein LKW aus, zwang sie zu einer Vollbremsung und riss sie so aus ihren Gedanken.

»Depp!«, schrie Marion laut gegen die Musik des Autoradios an und drückte auf die Hupe.

Provokant langsam glitt der LKW wieder auf die rechte Spur zurück, und als Marion an ihm vorbeizog, sah der Trucker grinsend zu ihr herüber und reckte den Mittelfinger seiner linken Hand nach oben.

Marion bebte vor Zorn, und das bekam auch das Gaspedal zu spüren. Sie ließ es am Bodenblech festkleben und brachte innerhalb der nächsten Minuten möglichst viel Distanz zwischen sich und den Truck. Erst dann wurde sie wieder etwas ruhiger und widmete sich erneut ihren Gedanken. Sie hatte schon lange nicht mehr in Erinnerungen gekramt, denn es kam äußerst selten vor, dass sie mehrere Stunden Freizeit hatte.

Wenn sie nicht im Laden stand, machte sie die Buchhaltung, war im Großmarkt oder weiß der Geier was. Jedenfalls war sie im Regelfall so stark eingespannt, dass keine Zeit zum Nachdenken blieb.

Obwohl in ihrem Leben ganz gewiss nicht alles glatt gelaufen war, war es ihr ganz und gar nicht unangenehm, an ihre früheren Jahre zurückzudenken.

»So vergesse ich wenigstens nicht, warum ich mit dem Thema Liebe und Partnerschaft abgeschlossen habe, und lasse mich auf keine weiteren Diskussionen dazu ein«, das war alles, was sie zu sagen pflegte, wenn sie, was in der letzten Zeit viel zu selten vorkam, mit Uschi einige private Worte wechselte.

Grinsend dachte sie an Dragomir zurück, der zugegeben ein guter Liebhaber gewesen war. Auch war er höflich, zärtlich und großzügig gewesen, nur eines eben nicht, und zwar treu. Aber als sie vierundzwanzig war, hatte Dragomir die Schnauze gestrichen voll davon, immer auf seine Frau Rücksicht nehmen zu müssen.

In dem Moment wurde Marions Grinsen bitter, denn er war dreist genug gewesen, ein kaum siebzehn Jahre junges Mädchen, das zwar grässlich dumm, aber ausgesprochen attraktiv war, in ihrem Ehebett zu vernaschen. Damals war Marion überraschend früh von der Arbeit nach Hause gekommen, hatte die beiden in flagranti erwischt und kurzerhand hinausgeworfen. Daraufhin hatte sie sofort und wild entschlossen die Scheidung eingereicht und sich bis zur Halskrause in Arbeit gestürzt. So hatte sie wenigstens nicht immerzu an ihn denken müssen, denn im Grunde hatte sie ihn trotz allem sehr geliebt.

Das war eine sehr schwierige Zeit für sie gewesen, und von all ihren Erinnerungen war es die, die sie am meisten deprimierte. Denn die nachfolgenden zwei Jahre wurden die schlimmsten ihres Lebens, obwohl das Schicksal noch so manchen weiteren heftigen Tiefschlag für sie bereitgehalten hatte. Immer wieder hatte sie ihren Exmann mit diversen Mädchen im Arm durch die Stadt laufen sehen, und dieser Hallodri war sich keinerlei Schuld bewusst gewesen. Oft hatte er sie fröhlich gegrüßt und ihr von der anderen Straßenseite her zugewinkt. Aber einmal, daran musste sie gerade denken, kamen sie sich zufällig auf derselben Gehwegseite entgegen, und ehe Dragomir zu einem Gruß ansetzen konnte, hatte Marion ihm derart heftig eine auf die Backe gepfeffert, dass er mit seiner neuesten Flamme schnell das Weite suchte. Wahrscheinlich, so dachte sie damals, hatte die ihn am nächsten Tag sitzenlassen.

Darüber freue ich mich noch heute, wie belämmert der Dreckskerl aus der Wäsche geschaut hat und die Kleine neben ihm nicht wusste, was los war, dachte Marion und grinste den Tacho ihres Wagens an.

Drei Tage später hatte sie ihn schon wieder mit einer Neuen daherstolzieren sehen, und seitdem gelang es ihr wenigstens, so zu tun, als bemerkte sie ihn nicht. Aber erst nachdem Dragomir knapp zwei Jahre später mit Vesna Tarsic aus dem Nachbarhaus über Nacht in seine Heimatstadt Novi Sad verschwunden war, ging es bei Marion wieder richtig bergauf.

In der südhessischen Kleinstadt hielt sich einige Monate das Gerücht, Dragomir habe verschwinden müssen, weil er die Frau eines einflussreichen Lokalpolitikers und begeisterten Hobbyboxers geschwängert habe. Der Mann solle ihm gedroht haben, seine Ausweisung durchzudrücken und, wenn es sein müsste, persönlich auszuführen.

Was an diesen Gerüchten dran war, war Marion herzlich egal. Hauptsache war, ihr Ex verschwand endlich aus ihrem Gesichtsfeld. Schon in den Monaten davor hatte sie sich immer mehr in ihre Arbeit geflüchtet, aber erst jetzt war Marion endlich in der Lage gewesen, ihr Leben von Grund auf umzukrempeln. Sie hatte, ohne lange zu überlegen, von ihrem Chef, der aus Altersgründen in den Ruhestand ging, den Blumenladen übernommen und war wild entschlossen, ihn zu einem Schmuckstück umzubauen. Aber das Schicksal wäre nicht das Schicksal gewesen, hätte es nicht bereits den nächsten Tiefschlag in der Hinterhand gehabt. Zur Eröffnungsfeier von *Marions Blumenlädchen*, wie sie ihr Geschäft nun nannte, die genau an ihrem sechsundzwanzigsten Geburtstag stattfand, waren ihre Eltern beide noch topfit gewesen. Kein Wunder, denn sie waren damals noch nicht mal sechzig. Sie waren sehr stolz darauf, dass ihre Tochter es geschafft und etwas auf die Beine gestellt hatte. Sogar ihr ehemaliger Chef staunte bei der Eröffnung, wie sehr sein Laden sich zum Vorteil verändert hatte.

Nur gut vier Monate später, es war Anfang Januar, kam dann alles ganz anders. Volker und Martina Brandt hatten sich zur Feier ihres siebenundzwanzigsten Hochzeitstags etwas Besonderes einfallen lassen. Sie wollten das Jubiläum in einer einsamen Skihütte in den Bergen, weitab jeder Zivilisation, verbringen. Es hätte ein richtiger Liebesurlaub werden sollen. Doch das Schicksal hatte es leider anders vorgesehen und ihnen genau diese Abgeschiedenheit zum Verhängnis werden lassen. Die Skihütte hatte nämlich kein Telefon gehabt, das Handy dort oben in der Abgeschiedenheit keinen Empfang, und zum nächsten bewirtschafteten Almenhof war es auf Skiern schon bei schönem Wetter ein Marsch von fast einer Stunde. Zudem tobte zu der Zeit, als Martina Brandt fürchterliche Schmerzen in der Nierengegend bekam, gerade ein Schneesturm über den Bergen. Was als romantische Reise gedacht war, wurde zu einer Katastrophe, denn Martina Brandt ging es zunehmend schlechter, und als sie ins Koma fiel, war der Sturm immer noch nicht völlig abgeklungen. Dennoch hatte sich ihr Mann Volker auf den Weg gemacht, um Hilfe zu holen.

Zu allem Unglück konnte auch der Rettungshubschrauber erst Stunden später starten und wegen der gewaltigen Schneeverwehungen nicht bei der Hütte direkt landen. Der Notarzt wurde abgeseilt und Martina Brandt kurz darauf an einer Seilwinde noch oben gezogen. Zu diesem Zeitpunkt war es im Grunde schon zu spät gewesen. Im Helikopter wurde sie zwar erfolgreich reanimiert, aber sie verstarb dennoch eine halbe Stunde später in der Uniklinik Innsbruck.

Volker Brandt ging es nach dem Tod seiner Frau fürchterlich. Der baumlange, einstmals kräftige und kerngesunde Mann – der sich bei der ganzen Rettungsaktion nicht einmal erkältet hatte – schlich von da an nur noch gebeugt durch eine Welt, die nicht mehr die seine war. Dazu magerte er immer mehr ab. Er ließ sich in den

Folgemonaten völlig gehen und verwahrloste zusehends, obwohl Marion wieder bei ihm eingezogen war und ihm den Haushalt führte.

Leider hatte auch sie es nicht geschafft, ihn zu trösten. Fast genau sieben Monate nach dem Tod seiner Frau saßen Vater und Tochter beim Frühstück zusammen, da kippte er plötzlich zur Seite und starb. Sein Herz hatte einfach aufgehört zu schlagen.

»Papa, schon allein für deine bedingungslose Liebe zu Mutti liebe ich dich«, sagte Marion laut ins Auto hinein und kämpfte mit den Tränen wie meist, wenn sie an dieser Stelle der Erinnerungen angekommen war.

Marion hatte sich über Jahre hinweg nichts sehnlicher gewünscht, als solch einem Mann zu begegnen, der sie so liebte, wie ihr Vater ihre Mutter geliebt hatte, aber inzwischen hatte sie diese Sehnsucht längst abgeschrieben.

Vielleicht war es ganz gut so, dass in dem Augenblick der Motor ihres Autos zu ruckeln anfing und sie aus ihren Gedanken riss. Schließlich saß sie nicht mit einer Flasche Rotwein zu Hause im Sessel, sondern brauste mit mehr als einhundertsechzig Stundenkilometern über die Autobahn.

Ein Blick zur Tankuhr verriet ihr, dass es in Kürze mit dem Brausen erst mal vorbei wäre.

»O nein«, entfuhr es ihr laut. »Nicht schon wieder.«

Aber ans Tanken zu denken war einfach nicht ihre Stärke. So ließ sie ihr Auto auf dem Standstreifen ausrollen und schnappte sich den leeren Reservekanister.

Da sie auf dem Weg zur Blumenmesse nach Nürnberg schon öfter auf dieser Strecke gefahren war, wusste sie in etwa, wo sie sich befand, und stellte zu ihrer Erleichterung fest, dass sie nicht viel weiter als zwei Kilometer von der Raststätte Hohenlohe entfernt sein konnte. Seufzend machte sie sich auf den Weg.

Es dauerte dennoch fast eine Stunde, bis ihr Auto wieder in Sichtweite kam, und während sie genervt das Benzin einfüllte, dachte sie: *Zu Hause wartet ein Berg Arbeit auf mich, und ich gondele hier durch die Gegend, um Urlaub zu machen.* Dabei musste sie unbedingt eine Vertretung für ihre Mitarbeiterin Susann Weber finden, die in längstens drei Monaten in Mutterschaftsurlaub gehen würde. Das Beste wäre, sie kehrte auf der Stelle um – doch das konnte sie Uschi unmöglich antun. Sie hatte es doch nur gut gemeint und alles drangesetzt, Marion aus der Tretmühle des Alltags loszueisen. Sie hatte gesammelt, selbst etwas mehr dazu bezahlt, und machte zu allem Überfluss auch noch Sonderschichten in Marions zweitem Blumenladen in Weinheim, nur damit während ihrer Abwesenheit alles glattlief. Sie war einfach eine Seele von Mensch. *Soll ich sie da so enttäuschen? Nein, das kann ich ihr nicht zumuten. Die zehn Tage werden schon irgendwie rumgehen.*

Schnell stieg sie wieder ein und fuhr bis zur Raststätte, um den Wagen wieder vollzutanken. Als sie dort bezahlte, kam es ihr so vor, als wüsste sie genau, was der Kassierer, der sie wiedererkannt hatte, dachte: *Typisch Frau. Die sind doch zu blöd, um rechtzeitig zu tanken.*

Sie fuhr mit ihrem Wagen zum Parkplatz und stellte ihn ab. Zielstrebig ging sie dem Selbstbedienungsrestaurant entgegen, ohne recht zu wissen, ob sie nur was trinken oder auch etwas essen wollte. Sie nahm sich ein Tablett und schlenderte ziellos an den verschiedenen Auslagen und Büfetts vorbei. Sie war sich noch nicht ganz sicher, ob sie sich für einen Salatteller oder eine Gemüseplatte entscheiden sollte, als ihr Blick auf die Kuchentheke fiel und sie ihren heißgeliebten Käsekuchen sah.

Ach ja, darauf hätte ich mal wieder Lust. Seit Ewigkeiten hatte sie keinen mehr gegessen. So nahm sie sich zwei riesengroße Stücke und einen Pott Kaffee dazu.

Wie gut, dass bei ihr nichts anschlug, dachte Marion und grinste in sich hinein, denn seit Jahren hielt sie ihr Gewicht, ohne etwas dafür tun zu müssen. Bei einem Meter sechsundsechzig brachte sie gerade mal sechzig Kilo auf die Waage. Selbst als es ihr nach ihrer Scheidung wirklich schlecht ging, hatte sie trotz einiger Fressattacken nie mehr als vierundsechzig Kilo gewogen. Ganz besonders genoss sie aber, dass sie trotz ihrer fünfundvierzig Jahre locker als Enddreißigerin durchging. Mit ihren dunklen Naturlocken, die sie zurzeit eher kurz trug, war sie durchaus eine attraktive Erscheinung. Das brachte ihr oftmals bewundernde Blicke von allen möglichen Männern ein, und manche pfiffen ihr sogar hinterher. Doch das perlte schon seit einigen Jahren wie Wasser auf einer blank polierten Scheibe an ihr ab.

Manche besonders dreisten Kerle rannten ihr sogar hinterher und machten sich in aller Öffentlichkeit zum Affen, aber auch das störte sie kaum – ganz im Gegenteil. Wenn diese Typen es gar zu bunt trieben, verwandelte Marions kühle Distanziertheit sich innerhalb von Sekunden in beißenden Spott, und ihrer scharfen Zunge war bislang nicht einer gewachsen gewesen.

Das war nicht immer so gewesen. Nachdem sie endgültig mit ihrem Ex-Mann abgeschlossen hatte, hatte sie begonnen, sich wieder anderen Männern zu öffnen.

Allerdings ging sie nicht wieder eine feste Beziehung ein, sondern sie nahm ein- oder zweimal im Monat einen Mann mit nach Hause und verbrachte die Nacht mit ihm. So hoffte sie einen Neuen zu finden, der ihr Dragomirs Leidenschaft ersetzen und obendrein noch treu sein konnte. Die meisten von ihnen stellten sich sehr schnell als herbe Enttäuschung heraus. Es war nicht so sehr die Leidenschaft oder die Potenz, die Marion enttäuschte, es war die Verlogenheit. Bei den meisten stellte sich schon kurz nachdem sie bekommen hatten, was sie wollten, heraus, dass sie verlobt oder verheiratet waren. Nur zwei oder drei von ihnen schafften es, sie über zwei oder drei Wochen lang zu täuschen.

Einmal hatte sie, daran erinnerte sie sich gar nicht gern, ein ganz verklemmtes Bürschchen aufgelesen, der sich, o Wunder, nach einigem guten Zureden und reichlich Wein als wahre Offenbarung im Bett herausstellte. Da übersah sie gern, dass er immer ziemlich früh am Abend verschwand.

Auch er hatte gelogen, als er sagte: »Ich bin vollkommen frei für dich.«

Dabei war er im Grunde mit seiner Mutter verheiratet. Kaum hatte die alte Dame herausbekommen, wo ihr Sohn neuerdings seine Abende verbrachte, rief sie bei Marion an und ließ sie, was sonst eigentlich nie vorkam, nicht mehr zu Wort kommen. Martha Lohbeck putzte sie, und ihren Sohn gleich mit, am Telefon so herunter, wie ihr das noch nie vorher und auch später nicht mehr passiert war. Logischerweise ließ der schüchterne Endzwanziger sich danach auch nie wieder blicken. Damit war denn auch das Thema Benjamin Lohbeck abgehakt.

Doch dann traf sie Fred Gaschunke, der gut aussehend, immer korrekt gekleidet, großzügig und so leidenschaftlich wie kaum einer zuvor war. Sie verliebte sich genau an ihrem achtundzwanzigsten Geburtstag Hals über Kopf in den Mann, der immerhin gut neun Jahre älter war. Dann ging alles sehr schnell, und mit achtundzwanzig Jahren, drei Monaten und zehn Tagen war sie bereits zum zweiten Mal verheiratet. Diesen Tag wollte sie nie vergessen, sagte sie sich, und so kam es letztlich auch. Alles hätte so schön sein können, wenn da nicht …

Während sie ihren Kuchen verspeist und den Kaffee getrunken hatte, waren Marions Gedanken erneut durch die Vergangenheit gerauscht und hatten all die Dinge Revue passieren lassen, die im Alltag der Geschäftsfrau keine Rolle mehr spielten. Just in diesem Moment wurde sie jäh aus ihrer Erinnerungsrevue gerissen, als ein Streit am Nachbartisch losbrach.

Ein vielleicht fünfzigjähriger, bärenstarker Trucker machte eine der Abräumfrauen gnadenlos nieder, nur weil die nicht gesehen hatte, dass seine Tasse noch nicht leer war und sie auf den Abräumwagen stellen wollte. Dabei fielen Ausdrücke, die Marion sehr stark an die schlimmsten Zeiten ihrer zweiten Ehe erinnerten.

Im ersten Impuls wollte Marion der Frau beistehen, aber dann sah sie auch schon, wie zwei Männer vom Sicherheitsdienst den Fernfahrer, der sich heftig wehrte und um sich schlug, in ihre Mitte nahmen und nach draußen begleiteten. Und so zog es auch Marion vor, möglichst schnell das Weite zu suchen. Zu sehr fühlte sie sich an Fred Gaschunke erinnert.

Fast schon überstürzt verließ Marion Brandt den Parkplatz und raste auf das Autobahnkreuz Feuchtwangen-Crailsheim zu. Die Geschwindigkeitsbegrenzung und die Radarfalle vor dem Kreuz bemerkte sie erst im allerletzten Augenblick und stieg voll in die Eisen. Dass sie ihren Hintermann, der ihr schon seit einigen Kilometern fast an der Stoßstange geklebt hatte, damit in ziemliche Schwierigkeiten brachte, registrierte sie nur am Rande, und es war ihr auch herzlich egal. Warum musste der Trottel bei Tempo zweihundert auch so dicht auffahren?

Zum Glück konnte sie so gerade noch verhindern, geblitzt zu werden – ihr Punktestand in Flensburg ließ keine Eskapaden mehr zu. Sie bog konzentriert, aber vor allem gemäßigt in Richtung Ulm ab, und da der größte Teil dieser Strecke ohnehin auf eine Geschwindigkeit von einhundertzwanzig Kilometer begrenzt war, fuhr sie auf die rechte Spur und stellte den Tempomat so ein, dass sie weiter ungestört in ihren Gedanken schwelgen konnte.

Augenblicklich kam ihr wieder Fred in den Sinn, der, genau wie dieser Trucker eben, groß und kräftig gewesen war. Fünf Jahre war sie mit ihm verheiratet gewesen, und nicht nur das Ende ihrer Ehe war einer Katastrophe gleichgekommen. Am Anfang oder, besser gesagt, in den ersten Wochen hatte alles so schön und gut ausgesehen. Da hatte Marion auch noch geglaubt, ihr Mann sei ein gutverdienender Handelsvertreter, der zwar viel und lange unterwegs, aber treu war. Sein wahres Gesicht hatte sie erst mit der Zeit kennengelernt. Er war ein arbeitsloser und arbeitsscheuer Hochstapler, der, anstatt einem Beruf nachzugehen, Stunde um Stunde in Bars und Cafés zugebracht hatte. Außerdem war er völlig pleite. Vermutlich hatte er in Marion eine vermögende Frau gesehen, die seine Finanzen wieder auf Vordermann bringen würde. Als er jedoch feststellte, dass ihr Blumenladen zwar für ein gutes Auskommen sorgte, viel mehr aber bei ihr nicht zu holen war, hatte er wohl gedacht, er müsse das Beste aus der Situation machen, und ließ sich fortan von vorn bis hinten bedienen.

Trotz allem war Marion damals noch immer bereit gewesen, alle ihre verbleibenden Kräfte in diese Liebe zu investieren. Nur Uschi hatte sie ermahnt, vorsichtig zu sein. Darüber waren sie so sehr in Streit geraten, dass sie ihre beste Mitarbeiterin beinahe hinausgeworfen hätte. Dafür schämte sie sich heute noch, denn Uschi hatte leider recht behalten. Sie selbst hatte zu dem Zeitpunkt die dunklen Wolken, die sich am Horizont vor ihr auftürmten, nicht sehen wollen. Kurz zuvor war Fred auf der Straße nach einer wieder mal durchzechten Nacht so unglücklich gestürzt, dass er sich einen komplizierten Bruch der Kniescheibe zugezogen hatte. Wie ihnen die Ärzte damals eröffnet hatten, würde das Knie wohl nie wieder seine volle Beweglichkeit erlangen, was dazu führte, dass er fortan leicht hinkte.

Das war für den stattlichen Mann die reine Katastrophe gewesen. Marion und er hatten, kurz bevor er auf Sauftour ging, sehr heftig gestritten, sodass er im Nachhinein die Tatsachen so lange verdrehte, bis er ihr die Schuld an seinem Unfall geben konnte. Danach wurde es erst so richtig schlimm. Ihr Mann hatte, falls das überhaupt möglich war, sich noch mehr der Trunksucht hingegeben, und er begann, wenn ihm irgendwas nicht in den Kram passte, sie zu schlagen, mit zunehmender Intensität.

Für einen kurzen Moment tauchte Marion aus ihrer Versenkung auf, denn es war ihr mittlerweile aufgefallen, dass sie nun schon seit nahezu zehn Kilometern mit Tempo neunzig hinter einem LKW herfuhr.

Wenn ich so weiterfahre, komme ich nie an, dachte sie, stellte erst das Autoradio ab, wo der Moderator nur noch vor sich hinplapperte, anstatt Musik zu spielen, setzte den Blinker, scherte auf die Überholspur aus und reihte sich wieder auf die rechte Spur ein. Inzwischen befand sie sich auf der Höhe von Illertissen, näherte sich also dem Memminger Kreuz und somit dem Allgäu. Wie sie von Uschi wusste, war das Tempo vor dem Kreuz wegen einer Langzeitbaustelle auf achtzig beschränkt, und ein Fahrverbot verhängt zu bekommen, konnte sie sich nicht leisten.

Ach Uschi, dachte Marion in einer plötzlichen Eingebung, *jetzt weiß ich, warum du gerade das Allgäu für den Gutschein ausgesucht hast. Du kennst dich hier besser aus als in deiner Westentasche und kannst mir Tipps geben, was ich mir ansehen kann. Nur täusche dich bitte nicht, ich habe nicht vor, dich um Rat zu bitten. Wenn schon Urlaub, dann auch richtig, ansonsten hätte ich in meinem Laden bleiben können.*

Kaum hatte sie das zu Ende gedacht, da überlagerte Fred schon wieder sämtliche anderen Gedanken.

Marion ärgerte sich zuerst darüber, aber dann dachte sie: *Hör endlich mit dem Gejammer auf und konzentriere dich auf die schönen Seiten. Das ist jetzt dein Urlaub. Wie kann ich denn abschalten, wenn ich ewig an zu Hause und diesen Idioten denke. Schluss jetzt damit!* Nur so könnte sie wirklich vergessen, was er ihr kurz nach ihrem zweiunddreißigsten Geburtstag angetan hatte, als sie eines Tages früher, als er erwartet hatte, nach Hause gekommen war.

Fred war mittlerweile einundvierzig, psychisch ein Wrack, und außer Saufen und Sex interessierte ihn nichts mehr. Kaum hatte sie die Wohnungstür hinter sich geschlossen, da fasste er ihr auch schon zwischen die Beine. Marion schob ihn sanft, aber bestimmt zur Seite.

»So, du treibst es wohl nicht mehr mit einem Krüppel« war alles, was Fred, der schon einige Gläser Wodka getrunken hatte, dazu einfiel. Er war ins Wohnzimmer verschwunden, hatte die Wodkaflasche an den Mund gesetzt und die noch fast zur Hälfte gefüllte Flasche in einem Zug geleert. Was dann kam, ließ sie heute noch erzittern. So gestärkt, war er zu ihr in die Küche gepoltert und hatte ansatzlos ihren Kopf fest gegen den Küchenschrank gestoßen. Der Hass in seinen Augen war mörderisch gewesen. Die darauffolgenden zwei Stunden hatte sie seitdem nicht mehr vergessen können und würde es wohl auch nie mehr. Der zwar hinkende, aber dennoch bärenstarke Mann hatte die zierliche Person, die Marion zeitlebens war, zuerst nach Strich und Faden verprügelt und sich dann mit Gewalt mitten in der Küche das genommen, was sie ihm verweigert hatte. Danach war er in seine Stammkneipe getorkelt und hatte sie zerschunden und vor Schmerzen kaum noch bewegungsfähig auf dem Küchenboden liegen lassen.

Zum Glück waren in dieser Zeit die Mobiltelefone noch eher klein, sodass sie ihres in der Hosentasche stecken hatte. Denn aus eigener Kraft hätte sie es wohl kaum geschafft, sich hochzurappeln, um den Festnetzanschluss zu erreichen – so zerschunden war sie. So hatte sie in ihrer Not Uschi im Laden anrufen können. Die Gute war auch sofort zu ihr gekommen, hatte das Nötigste zusammengepackt und sie ins Krankenhaus gebracht. Nach einer gründlichen Untersuchung war sie mit ihr zur Polizei und danach ins Frauenhaus gefahren.

Währenddessen hatten die Dinge ihren Lauf genommen. Fred war noch in seiner Stammkneipe festgenommen worden und sofort in Untersuchungshaft gekommen. Der Richter, ein kluger Mann, hatte Marion als hochgradig gefährdet angesehen. Die Härtefallscheidung kurz darauf war nur noch eine Formsache gewesen. Danach nahm sie ihren Mädchennamen wieder an.

»Die viereinhalb Jahre Knast hast du dir redlich verdient«, sagte Marion laut, während sie vor sich das Autobahnschild »Leutkirch-Süd 1000 m« auftauchen sah.

Dann bog sie auf die Bundesstraße nach Isny ab und zog es vor, die viereinhalb Jahre, die sie vor der Entlassung ihres Ex-Mannes gezittert hatte, aus ihrem Gedächtnis zu verbannen. Sie war froh darüber, ihn seitdem nie mehr begegnet zu sein. Nur so viel war klar: Sie hatte sich wie verrückt in Arbeit gestürzt und das

Thema Männer endgültig zu den Akten gelegt. Ihrem Blumenladen war das auch sehr gut bekommen, und sie brauchte schon bald eine weitere Mitarbeiterin für die zweite Filiale, die sie mittlerweile in Weinheim, wo sie nun auch wohnte, eröffnet hatte. Leider oder vielleicht auch zum Glück blieb dadurch ihre gesamte Freizeit auf der Strecke, und sie kam selten zum Grübeln.

Marion glaubte somit ihre Lebensbilanz auf dieser Fahrt gezogen zu haben und konzentrierte sich neben der Straße auf die herrliche Landschaft, die ihr vollkommen unbekannt war, da fiel ihr Edith Dillmann ein. Edith war die erste Mitarbeiterin in ihrem Weinheimer Laden gewesen. Dass die Frau lesbisch war, wusste sie bei ihrer Einstellung nicht, aber es hätte ihr auch nichts ausgemacht. Schließlich musste jeder selbst wissen, wie er leben wollte. Nur dass Edith, die fünf Jahre älter war, aber viel jünger aussah, ihr ständig Avancen machte, ging Marion ziemlich auf die Nerven. Dennoch schaffte Edith es eines Tages irgendwie, Marion ins Bett zu bekommen.

Am nächsten Tag war Marion bestürzt darüber, dass sie sich darauf überhaupt eingelassen hatte, und vertraute sich Uschi an.

Ursula Klinger war schließlich eine kluge und lebenserfahrene Frau, die mit Ende fünfzig zwar keine Kinder, aber fast vierzig Jahre Eheerfahrung hatte.

Und was hatte Uschi damals zu ihr gesagt?

Marion klangen ihre Worte heute noch im Ohr, als wenn es gestern gewesen wäre: »Mädchen, du hast mit den Männern schon so viel Schlechtes erlebt. Es soll anscheinend nicht sein, dass du einen Mann kennenlernst, wie ich meinen Herbert gefunden habe. Einen, auf den du dich hundertprozentig verlassen kannst. Wichtig ist nur, dass du glücklich wirst. Probiere es aus – wenn es nicht geht, kannst du das Ganze jederzeit beenden. Hauptsache ist, du lässt dich nie mehr schlagen und vergewaltigen.«

Marion hatte damals Uschis Rat befolgt, und erst schien es auch ganz gut zu gehen. Nach einigen Wochen hatte sie aber gemerkt, dass die Clubs und Bars in Mannheim, in denen Edith gern und oft verkehrte, ganz und gar nicht ihre Welt waren. Nach einem halben Jahr hatte beide eingesehen, dass es so nichts werden konnte, und hatten sich im besten Einvernehmen getrennt. Kurz darauf war Edith nach Mannheim gezogen und hatte bei ihr gekündigt. Das Letzte, was Marion gehört hatte, war, dass sie in einer jener Bars als Kellnerin arbeitete.

»Das war wohl das Beste so, schließlich bin ich nicht lesbisch«, sagte Marion laut vor sich hin und grinste bei der Erinnerung an diese Lebensphase, die zwar wichtig für sie gewesen, aber endgültig abgeschlossen war. Dann bog sie in den Kreisverkehr bei dem kleinen Dorf Riedhirsch ein und verließ ihn in Richtung Lindenberg.

Kurz darauf erreichte sie den Vorort Goßholz, und es dauerte nicht mehr lange, bis sie ihren Wagen vor dem kleinen Stadthotel Zur Linde ausrollen ließ.

Während sie ihr Gepäck aus dem Kofferraum wuchtete, sah sie sich das graublau getünchte Haus an und war sehr angetan. Erstaunlich, wie genau Uschi ihren Geschmack mal wieder getroffen hatte!

3.

Löwe hoch zwei

Nun war Jessica Lenz schon den vierten Morgen in Lindenberg erwacht und hatte es bislang nicht bereut, hierhergefahren zu sein. Der Gedanke, einmal nur die Seele baumeln zu lassen, um neue Kraft zu tanken, schien ihr plötzlich nicht mehr ganz so abwegig wie noch vor drei Tagen. Ihr Zimmer im Hotel Zum Löwen am Markt südlich der Stadtmitte war schön, ruhig und geräumig, auch die Gaststube und der angeschlossene Biergarten waren urgemütlich. Sie saß abends meist am gleichen Tisch wie beim Frühstück und ließ den Tag bei einer Brotzeitplatte oder einem Allgäuer Käseschnitzel ausklingen.

Dazu trank sie meist ein oder zwei Gläschen Wein, achtete aber peinlich genau darauf, dass es nicht mehr wurden, denn wie sie wusste, war das junge Wirtspaar von ihren Eltern darüber informiert worden, dass Jessica Probleme damit hatte, über den Tod ihres Mannes hinwegzukommen. Zuerst war sie sehr verärgert gewesen, dass ihre Eltern mit fremden Leuten darüber geredet hatten, sah aber schließlich ein, dass bei ihrer Vorgeschichte ein klein bisschen Kontrolle vonnöten war.

Was Jessica allerdings nicht wusste und auch nicht wissen sollte: Ihre Eltern hatten die Wirtsleute eindrücklich darum gebeten, darauf zu achten, dass sie sich nicht sinnlos betrank. Sollte dies doch einmal geschehen, so sollten sie der Psychotherapeutin Frau Dr. Hollmann unverzüglich eine Nachricht zukommen lassen.

»Guten Morgen, Frau Lenz«, grüßte die Wirtin, als Jessica sich an ihrem Tisch niederließ.

»Guten Morgen«, grüßte Jessica freundlich zurück und antwortete auf die Frage, ob sie denn wie immer Kaffee und Rühreier zum Frühstück wolle: »Gerne.«

Inzwischen war Jessica doch recht froh darüber, dass die Wirtsleute über ihre Situation Bescheid wussten, denn so unterblieben wenigstens dumme Fragen wie: »Gut geschlafen?«

Da war es ihr schon lieber, dass die beiden ihr schweigend die frisch zubereiteten Speisen an den Tisch brachten, die nicht auf dem sehr reichhaltigen Büfett zu finden waren. Aber an diesem Morgen war das anders. Die Wirtin Elvira Stadler blieb einen Moment vor ihr stehen und schien zu überlegen, wie sie das Gespräch beginnen könnte, ohne aufdringlich zu sein.

»Haben Sie sich schon etwas angesehen?«

»Natürlich«, sagte Jessica ziemlich verschlossen und knapp.

»Wenn Sie etwas wissen wollen oder Fahrpläne von Bussen und Bahnen brauchen, sagen Sie nur Bescheid«, begann die blonde, eher kleingewachsene, aber recht füllige Elvira vorsichtig.

»Nein, danke«, sagte Jessica freundlich. »Nachdem ich vorgestern einen Spaziergang zum Waldsee gemacht habe und gestern in Immenstadt war, will ich mich heute ausru... – Nein, halt«, unterbrach sie sich dann aber selbst, »morgen will ich nach Lindau. Könnten Sie mir vielleicht für morgen früh ein Taxi rufen? Als ich gestern mit dem Bus nach Röthenbach gefahren bin, ist mir der Zug vor der Nase weggefahren; ich hatte gerade die Fahrkarte gekauft und sah nur noch die Rücklichter. Fast achtzig Minuten musste ich auf dem Bahnsteig warten.«

»Das ist mehr als ärgerlich, zumal es dort auch immer so zieht«, antwortete die Wirtin. »Ich gebe Ihnen ein Büchlein mit den Regionalfahrplänen, damit Ihnen kein Zug mehr davonfährt, und den gut gemeinten Rat, Ihr Ticket bereits hier im Reisebüro zu kaufen.«

»Das ist wirklich nett von Ihnen. Danke.«

Nachdem Jessica mit ihrem ausgiebigen Frühstück fertig war, las sie noch die Zeitung, die sie sich am Vortag gekauft hatte, und verließ eine halbe Stunde später das Hotel. Langsam schlenderte sie durch den Ort und sah sich die Auslagen der Geschäfte an. Dabei kam sie an einem Spielwarengeschäft vorbei und erblickte dort Stofftiere in allen Ausführungen. Früher, als Dominik noch lebte …

Als sie den Namen in Gedanken aussprach, versetzte es ihr einen derartigen Stich ins Herz, dass sie am liebsten wieder umgekehrt wäre und sich im Zimmer vergraben hätte.

Aber was half ihr das? Sie konnte nicht immer, wenn in einem ihrer Gedanken dieser Name auftauchte, alles stehen- und liegenlassen und davonlaufen. Also nahm sie sich zusammen und führte den Gedanken zu Ende.

Früher hatten sie oder, besser gesagt, ihr Mann Stofftiere gesammelt und sie in ihrer Wohnung auf sämtlichen Sofalehnen postiert. Dominik, ein liebenswerter und manchmal recht dominanter Chaot, hatte Jessica kurzerhand in sein Hobby mit eingebunden. Nun waren achtundvierzig Stofftiere in die Obhut ihrer Nichte und Patentochter Bianca übergegangen.

Der Gedanke an die Zeit mit ihrem Mann hatte sie wirklich angestrengt. Sie setzte sich ins Café und bestellte ein Kännchen Kaffee und ein Stück Käsekuchen, wie sie ihn früher beide sehr gerne gegessen hatten. Jessica wunderte sich, denn dieses Mal war ihr der Gedanke an früher nicht so schwer wie sonst gefallen, und auch der übliche Stich in der Herzgegend fiel sehr viel schwächer aus als noch vorhin.

»Nanu«, schimpfte sie mit sich selbst. »Was ist denn das? Das kann doch wohl nicht wahr sein! So gehst du mit dem Andenken an Dominik um, das hat er nicht verdient. Jessica, schäm dich.«

Da sie halblaut vor sich hingemurmelt hatte, sahen die anderen Leute im Café irritiert zu ihr hinüber und starrten sie an. Aber davon merkte Jessica nichts, denn viel zu sehr war sie damit beschäftigt, sich selbst zur Ordnung zu rufen.

Ganz in Gedanken zahlte sie ihre Rechnung und stand auf. Es war Zeit, weiterzugehen. Sie würde jetzt noch für ein oder zwei Stündchen durch die Kleinstadt flanieren und danach wieder zurück ins Hotel gehen. Den Nachmittag wollte sie lesend auf ihrem Balkon in der Sonne zubringen und, falls das Wetter weiterhin so schön blieb, zum Abendessen im Biergarten sitzen.

Ihr erster Weg führte sie direkt in den Drogeriemarkt in der Hauptstraße, denn sie musste sich unbedingt neues Shampoo besorgen. Das mitgebrachte – von der Sorte, deren Geruch Dominik in ihrem Haar so geliebt hatte – war auf der Herfahrt aufgegangen und teilweise ausgelaufen. Wahrscheinlich war das auf dem Ulmer Hauptbahnhof passiert, als sie vor diesem aufdringlichen Casanova geflüchtet war und dabei ihren Koffer hatte fallen lassen. Glücklicherweise hatte sie den Behälter zu Hause beim Packen in eine Extra-Plastiktüte gesteckt und diese fest zugeknotet, sodass der übrige Inhalt des Koffers unbeschadet geblieben war.

Anschließend ging sie direkt zu dem großen Schreibwarenladen, den sie ein gutes Stück weiter unten auf der Hauptstraße gesehen hatte. Doch es war, wie sie feststellen musste, schon nach dreizehn Uhr, und er hatte geschlossen. So betrachtete sie eine Weile das Schaufenster, bis ihr Blick auf einen Ständer mit goldenen Kugelschreibern fiel, die im Geschäft graviert werden konnten. Solche Kugelschreiber hatte Dominik geliebt und bisweilen ein kleines Vermögen dafür ausgegeben.

Sie ließ ihren Blick über die verschiedenen Modelle wandern und besah sich die unterschiedlichsten Gravuren. Gerade als sie weitergehen wollte, traf sie fast der Schlag. Der schönste und teuerste unter ihnen, der ihrem Mann ganz bestimmt gefallen hätte, stand etwas abseits in der Vitrine und sollte satte hundertachtzig Euro kosten. Als Mustergravur stand auf ihm der Name Dominik. Das war entschieden zu viel für diesen Tag. Jessica ließ vor Schreck fast ihre Einkaufstasche fallen, spurtete los, als ob der Teufel hinter ihr her wäre, und ließ sich kurz darauf ausgepumpt auf eine Bank am Wegesrand fallen. Kaum, dass sie wieder Luft bekam, sprang sie erneut wie von Furien gehetzt auf und rannte, ohne auf den Verkehr zu achten, über die Straße. Die Vollbremsung direkt vor ihr nahm Jessica nur am Rande wahr, und die Flüche der Fahrerin drangen kaum an ihr Ohr. So schnell sie konnte, rannte sie ins Hotel, die Treppen hinauf und in ihr Zimmer. Achtlos warf sie ihre Einkaufstasche in die Ecke und sich der Länge nach bäuchlings aufs Bett. Dann begann sie bitterlich zu weinen. So gut dieser Tag auch begonnen hatte, so schrecklich schien er nun enden zu wollen.

Inzwischen hatte auch Marion Brandt ihr Hotelzimmer bezogen. Sie war zufrieden, es war bequem und lag ruhig nach hinten raus. Hinter dem Haus war zwar die Aussicht nicht gerade berauschend, aber dafür gab es hier nur den Hotelparkplatz und einen kleinen Kinderspielplatz, sodass sie sicher gut schlafen würde.

Während sie ihren Koffer ausräumte und sich für einen ersten kurzen Gang durch das Städtchen fein machte, dachte sie: *Ein bisschen sonderbar sind die Leute hier in Lindenberg schon.* Die Frau, die ihr vorhin beinahe in den Wagen gerannt war, hatte irgendwie einen verstörten Eindruck auf sie gemacht. Nun ja, das sollte ihr Problem nicht sein. Sie war im Urlaub, und genau daran würde sie sich auch halten.

Sie sah auf die Uhr, stellte fest, dass es bereits fast sechzehn Uhr war, und zappte sich durch die Programme des Fernsehers, der zur Zimmereinrichtung gehörte. Sie suchte eine Nachrichtensendung, denn sie wollte immer darüber informiert sein, was in der Welt so vor sich ging. Gerade als sie in den Kanal der ARD schaltete, erklang die Titelmelodie der Tagesschau.

Nach zehn Minuten schaltete Marion den Fernseher aus. Dann zog sie ihre hautengen Jeans an, eine weiße Bluse und den eleganten roten Blazer darüber, den sie sich extra für diesen Urlaub gekauft hatte. Sie nahm noch die ebenfalls neue Handtasche und verließ ihr Zimmer. Keine zehn Minuten Fußweg von der Linde entfernt, sah sie an einer Straßenecke ein kleines Café mit Biergarten und steuerte geradewegs darauf zu. Sie bestellte sich einen Kaffee, ein Stück Käsesahnetorte und ein Weißbier. Dabei beobachtete sie die Leute, die so an ihr vorüberhasteten.

Ja, dachte sie, *sonst geht es mir genauso, aber nun habe ich Urlaub, und alles geht etwas gemäßigter zu.*

Als die Wirtin an ihr vorbeilief, rief Marion sie kurzerhand und fragte: »Wo kann man denn hier im Ort gut essen?«

»Kleinigkeiten habe ich auch«, sagte die geschäftstüchtige Frau.

»Ein andermal gerne, aber ich bin gerade erst angekommen und habe nach der langen Autofahrt einen Bärenhunger.«

»Verstehe, kein Problem. Sind Sie das erste Mal hier?«

»Ja«, antwortete Marion, »und was ich bis jetzt gesehen habe, gefällt mir außerordentlich gut.«

»Schön«, freute sich die Wirtin. »Dann erholen Sie sich

mal gut. Unser Essen hier ist vorzüglich und die Küche des Hotels Löwe am Marktplatz sehr zu empfehlen.«

»Vielen Dank, und wie komme ich da hin?«

»Einfach die Straße hinunter zum Kreisel und dann rechts um die Ecke.«

Inzwischen hatte Jessica sich wieder so weit beruhigt, dass sie daran denken konnte, zum Abendessen nach unten zu gehen. Sie hatte sich so sehr über diesen Kugelschreiber aufgeregt, dass sie mehr als zwei Stunden lang weinend auf dem Bett gelegen hatte. Das war ihr nun schon fast drei Monate nicht mehr passiert.

Dabei hatte sie sich erst mal unter die Dusche gestellt, und beim Herunterprasseln des kühlenden Wasserstrahls wurde ihr wieder wohler zumute, beinah lächelte sie.

Meine Güte, Jessica, dachte sie, *stell dich doch nicht so an. Andere Frauen verlieren auch ihre Ehemänner in jungen Jahren, und wahrscheinlich raffen sich die meisten danach wieder auf. Warum sollte dir das nicht gelingen?* Aber sie würde immer an Dominik denken, ihn nie vergessen und in Ehren halten. Warum auch nicht? Oder hätte Dominik gewollt, dass sie am Leben verzweifelt? Er hätte ihr mit Sicherheit gehörig die Leviten gelesen. *Ab jetzt wird alles anders. Ich werde mich nur noch den schönen Dingen des Lebens widmen. Auch wenn ich mal einen Durchhänger habe. Mit der Zeit wird es bestimmt immer besser.* Was sollten denn ihre Eltern sagen, wenn sie in schlechterer Verfassung als vorher aus dem Urlaub zurückkäme? *Soll ich sie so enttäuschen? Nein, das wird nicht geschehen, und ab heute mache ich einen Neuanfang.*

Dann musste sie daran denken, wie sie vorhin ins Hotel zurückgelaufen war. Das war doch regelrecht eine Flucht vor ihr selbst und vor allem – da war doch ein Auto. Sie wäre fast in ein Auto gelaufen! *Ich weiß nicht mal mehr, was für ein Wagen das war oder wer am Steuer saß. Das mit dem Neuanfang wird noch ein weiter Weg.*

»Ach, mach dich nicht verrückt«, sagte sie nun laut zu sich. »Wahrscheinlich werde ich demjenigen nie mehr begegnen.«

Sie zog sich an und schminkte sich ein wenig. Nun sah die Welt schon wieder heiterer aus. Da es heute Abend sehr windig war, verzichtete sie auf den Biergarten und begab sich auf ihren Stammplatz in der Gaststube.

Sie saß noch nicht lange, als sich der Raum mit anderen Gästen zu füllen begann. Die Wirtin, eine gemütliche, etwas mollige Frau mit Dirndl, kam an den Tisch und fragte nach ihren Wünschen.

Kurz darauf öffnete sich abermals die Tür zur Gaststube, und eine zierliche Frau, die trotz der Jeans, die sie trug, Eleganz ausstrahlte, betrat den Raum. Inzwischen waren alle Tische besetzt, und so steuerte die Frau auf Jessicas Tisch los, an dem sonst niemand saß. Ein kurzes Grinsen glitt über ihr Gesicht, bevor sie fragte: »Ist hier noch frei?«

»Nein, da sitzt mein Mann«, entfuhr es Jessica spontan und ärgerte sich im selben Augenblick schon darüber. *Du gehst der Gesellschaft anderer aus dem Weg, das ist nicht gut.*

»Oh, Entschuldigung, er kommt sicher gleich zurück.«
»Nein, er ist tot.«

Jessica hatte das kaum ausgesprochen, da hätte sie sich schon auf die Zunge beißen können, denn die elegante Frau starrte sie an, als ob sie nicht ganz bei Trost wäre. Und vielleicht hatte sie damit gar nicht so unrecht.

»Wollen Sie mich verarschen?«, fragte sie ungehalten und in einer Lautstärke, die die Gäste an den Nachbartischen aufhorchen ließ. Aber Jessica war nicht in der Verfassung, Erklärungen abzugeben, und sagte ziemlich unwirsch: »Können Sie sich nicht einfach zum Kuckuck scheren und mich mit Ihrem Geschwätz in Ruhe lassen?«

Nun fuhr die elegante Dame aus der Haut.

»Das ist doch wohl die Höhe. Ist das der Dank dafür, dass ich mir heute Mittag wegen Ihnen fast die Bremsen ruiniert habe? Können Sie nicht aufpassen, wenn Sie wie ein aufgeschrecktes Huhn über die Straße rennen?«

O nein, dachte Jessica ganz bestürzt. *Das ist die Fahrerin. Das ist mir so was von peinlich.*

»Dann rasen Sie doch nicht so«, blaffte sie wie in einer Flucht nach vorn zurück.

Nun war es an der Wirtin, dieses Schauspiel zu beenden, das schon die ganze Gaststube amüsierte, und sie ging zu dem Tisch hinüber.

»Bitte kommen Sie doch«, bat die Wirtin die elegante Dame, die zwar äußerlich ruhig wirkte, aber innerlich kochte. »Ich bringe Sie zu einem anderen Tisch. Der Herr hier freut sich bestimmt über etwas Gesellschaft.«

»Vielen Dank«, sagte Marion Brandt schnell und ging hinter der Wirtin her.

Als die Wirtin Jessica wenig später die Suppe brachte, sagte sie schnell: »Entschuldigen Sie bitte, wenn die

Dame Sie belästigt haben sollte. Es wird nicht wieder vorkommen. Und nun guten Appetit.«

»Danke«, sagte Jessica noch ganz verwirrt und schob dann schnell nach: »Nein, ich muss mich entschuldigen, mein Verhalten war alles andere als korrekt.«

Nun saß Marion Brandt an dem Tisch mit dem Herrn, einem Handelsvertreter, der sich redlich bemühte, ein Gespräch zu beginnen. Aber sie gab nur einsilbige Antworten. Viel zu sehr hatte sie tief in ihrem Innern aufgewühlt, was die Wirtin ihr über diese verwirrt scheinende Frau erzählt hatte.

Wenn sie über zwei Jahre nach dem Tod ihres Mannes noch so sehr trauert, dass sie seinen Platz am Tisch frei hält, habe ich auch nicht das Recht, mich darüber aufzuregen, dachte sie, und ihr Zorn ebbte langsam ab. Dann trank sie einen Schluck von dem herben, süffigen Weißwein, den die Wirtin ihr empfohlen hatte. Dabei wurde sie auch zusehends lockerer, und während sie auf ihr Essen wartete, entwickelte sich mit dem Handelsvertreter ein munteres Gespräch. Er erzählte ihr, dass er bei seiner Arbeit viel herumkomme und in Lindenberg schon des Öfteren Station gemacht habe. »Sie werden sehen, das Essen hier ist super«, plapperte er munter drauflos und leerte sein Bierglas. Marion atmete fast hörbar auf, als ihr Tischnachbar sein Essen zu verspeisen begann. So konnte sie in Ruhe weiter nachdenken, bis die Wirtin ihr als ersten Gang die Suppe brachte.

Als der Mann später nach dem Essen fragte, ob sie noch auf einen Drink mit zu ihm aufs Zimmer kommen wolle, lehnte sie entschieden ab, zahlte recht schnell und verließ das Lokal.

Auch Jessica Lenz beschäftigte sich noch mit ihrer neuen Bekannten. Allerdings waren ihre Gedanken weit weniger positiv.

»Dumme Pute« und »eingebildete Ziege« waren noch die harmlosesten Ausdrücke, die zwischen den einzelnen Bissen leise über ihre Lippen drangen. Dass sie so ihr Essen gar nicht richtig genießen konnte, war klar. Dennoch hielt sie es, nachdem die Teller abgeräumt waren, noch fast eineinhalb Stunden im Gastraum aus, bevor sie müde und auch ziemlich angeschlagen die Treppe zu ihrem Zimmer hinaufschlich.

4.

Lindau kann so schön sein ...

Am nächsten Morgen hatten beide Frauen unabhängig voneinander den gleichen Plan für den Tag gefasst. Sie wollten nach Lindau fahren.

Während Marion sich kurzerhand in ihr Cabrio setzte, um die wenigen Kilometer dorthin zu brausen, war Jessicas Weg bedeutend beschwerlicher. Obwohl beide in etwa um zehn Uhr da sein wollten, konnte Marion sich noch einmal im Bett umdrehen, während Jessica schon eine ganze Weile im Bad war.

Im Speisesaal wurde sie dann schon von Elvira Stadler zum Frühstück erwartet. Jessica erklärte ihr, dass sie heute keine Rühreier wünschte, da sie es etwas eiliger habe als sonst, weil sie den Bus nach Hergatz noch erwischen wollte. »Frau Lenz«, fragte die Wirtin fürsorglich, »Sie haben sich doch nicht zu sehr über die Frau gestern Abend aufgeregt, oder?«

»Aber nein, es geht schon«, antwortete Jessica.

»Sonst erteilen wir ihr Hausverbot, das ist kein Problem. Schließlich geht es nicht, dass jemand von außerhalb unsere Hausgäste belästigt.«

»Lassen Sie nur«, sagte Jessica nachdrücklich und schlang den Rest ihres Brötchens hinunter. So langsam wurde es Zeit, zur zentralen Busstation aufzubrechen, damit sie in Hergatz den Zug nach Lindau noch bekäme.

Keine zehn Minuten später war sie bereits unterwegs. Ihre Tasche war schwer bepackt mit Reiseführer, Stadtplan und nicht zuletzt dem altmodischen Fotoapparat von Dominiks Eltern, fast schon ein Museumsstück, der allein schon ein beachtliches Gewicht hatte. Aber sie hatte nur ein altmodisches Klapphandy statt eines Smartphones, und Dominiks Digitalkamera hatte sie vielleicht etwas zu voreilig ihrer Nichte Bianca geschenkt, als ihre Eltern in ihrem Auftrag ihre gemeinsame Wohnung in Rüsselsheim auflösten.

Da war Dominik wieder. Seinen Namen auch nur zu denken, bereitete ihr nach so langer Zeit oft immer noch körperliche Schmerzen. Sie musste sich manchmal regelrecht zwingen, in eine andere Richtung zu denken. So auch jetzt.

Während sie in den Bus stieg, nahm sich Jessica vor, ein paar Fotos zu machen, die ihren Eltern beweisen sollten, dass es ihr wieder besser gehe und sie sich gut amüsiere. Dazu wäre es vielleicht nötig, sich von Passanten am Geländer des Lindauer Hafenbeckens fotografieren zu lassen. Genau aus dem Grund hatte sie das leichte Sommerkleid angezogen, in dem sie nicht ganz so pummelig wirkte wie in ihren bequemen Jeans, die für diesen Ausflug wahrscheinlich besser geeignet gewesen wären. Aber was tat man nicht alles für die guten alten Eltern.

Inzwischen war der Bus abgefahren und hatte die ersten Stationen bereits hinter sich gebracht. Aber schon jetzt ließ sich erkennen, dass der Busfahrer es unmöglich schaffen konnte, den Fahrplan einzuhalten. Einige der Fahrgäste, zumeist Touristen, wurden bereits ungeduldig. Dann hielt der Bus in der kleinen Ortschaft Meckatz.

Ein weiterer Fahrgast, offensichtlich auch ein Tourist, stieg ein und fragte den Fahrer: »Werden wir den Bus nach Lindau noch erreichen?«

Da hörte Jessica zum ersten Mal, dass es neben dem Zug noch eine weitere Möglichkeit gab, an den Bodensee zu kommen. *Das ist doch prima*, dachte sie, da sie zum Umsteigen in die Bahn nur wenig Zeit und zudem noch keine Fahrkarte hatte. »Der Bus nach Lindau wartet«, erklärte der Fahrer dem Gast dann auch noch. »Selbst wenn wir zehn Minuten Verspätung hätten, fährt der Bus nicht ohne Sie ab.«

Dann drehte er sich schnell um und fragte in den Fahrgastraum: »Wollen noch mehr Personen zum Bus nach Lindau?«

Etliche Touristen bejahten das. Darauf griff der freundliche ältere schnauzbärtige Mann zu seinem Funkgerät und bat die Zentrale, dem Fahrer des siebzehner Busses nach Lindau Bescheid zu geben, dass er mindestens zehn Leute an Bord habe, die auch nach Lindau wollten.

Dann fuhr er los und schaffte es doch tatsächlich auf die Minute genau, zur Abfahrtszeit der Linie siebzehn am Bahnhof Hergatz zu sein.

So kam es, dass Jessica früher in Lindau ankam als geplant. Allerdings kamen bei ihr schon während der Fahrt Zweifel auf, ob der Ausflug unter einem guten Stern stand. Zumal sie, gerade als der Bus auf die Brücke zur Altstadtinsel eingeschwenkt war und sich dem großen Kreisverkehr näherte, ein rotes Cabrio an ihnen vorbeirauschen sah.

O nein, dachte sie bestürzt, als sie am Steuer ihre Kontrahentin vom Vorabend zu erkennen glaubte. *Na, wenn das nicht schon … Du meine Güte, Jessica,* wies sie sich dann aber in Gedanken zurecht. *Warum bist du immer so pessimistisch? Freu dich doch auf einen schönen Urlaubstag, und genieße die Zeit, die du hast. Verplempere sie doch nicht andauernd mit unnützen Gedanken, sei froh über viele neue Eindrücke.*

Sie schloss sich den aussteigenden Fahrgästen an. »Heute letzte Rückfahrt nach Hergatz statt um neunzehn Uhr schon um achtzehn Uhr dreißig«, verkündete der Busfahrer, dem das gerade noch eingefallen zu sein schien, laut.

Das ist ja super, dass man das auch mal erfährt, dachte Jessica und schrieb es sich auf ihren Notizblock, den sie immer in der Handtasche dabeihatte.

Gemächlichen Schrittes schlenderte sie dann die wenigen Meter zum Hafen hinüber und stand bald ganz überwältigt an der Hafenmauer. Sie ließ ihren Blick zur weltberühmten Hafeneinfahrt schweifen. Das klare Wetter ermöglichte es, dass man am österreichischen Ufer Bregenz erkennen konnte, und auch der Pfänder war deutlich zu sehen. So schön hatte Jessica sich das nicht vorgestellt, und sie holte ihre schwere Kamera aus der Tasche. Als sie gerade einige Bilder schoss, sagte eine Stimme neben ihr: »Können Sie diesen schweren Klotz denn überhaupt tragen?«

Erstaunt blickte Jessica sich um, aber der Mann war mit seiner Frau schon weitergegangen.

Irgendwie hast du Esel recht, dachte Jessica. Kein Wunder, dass die Tasche so schwer war und ihre Schulter jetzt schon wehtat. Vielleicht sollte sie wirklich bald nach einer Digitalkamera Ausschau halten und das Museumsstück einmotten. Es war zwar auch eine Erinnerung an Dominik, aber hier mit sowas rumzulaufen grenzt doch eigentlich an Wahnsinn. *Wahrscheinlich habe ich sie doch nicht mehr alle beisammen.*

Als sie sah, dass neben ihr eine Bank frei wurde, setzte sie sich erst mal hin, und ihre Gedanken drifteten immer weiter zu Dominik zurück.

Ja, mein Schatz, hier hätte es dir auch gefallen. Es wäre so schön gewesen, wenn wir beide zusammen ... aber leider sollte das nicht sein. Ich glaube, ich werde in Zukunft öfter mal innerhalb Deutschlands verreisen, dachte sie weiter, ehe ihr wieder bewusst wurde, dass sie nur weggefahren war, um die Eltern zu beruhigen.

Schließlich wusste sie, was sie ihrem Dominik schuldig war. Er hatte sein Leben dafür gelassen, um das Geld zu verdienen, das sie gebraucht hätten, damit sie zu Hause bei ihrem Kind hätte bleiben können. Jetzt waren beide nicht mehr bei ihr.

Eine tiefe Traurigkeit machte sich in ihr breit, und sie weinte still vor sich hin, als ein junges Pärchen an ihr vorüberging. Die Frau war hochschwanger und maß sie mit einem kurzen Blick. »Komm, Annette, lass uns schnell weitergehen«, sagte der Mann laut. »Das hier ist doch nicht zum Ansehen. Schließlich bin ich hier im

Urlaub und nicht zu Hause, wo ständig eine deiner ewig jammernden Freundinnen angekrochen kommt.«

»So was Unsensibles«, begehrte seine hübsche Partnerin auf und blieb kurz stehen. »Männer«, schnaufte sie, »merken wirklich gar nichts.«

»Beeile dich mal ein bisschen, ich will den Katamaran nach Mainau noch erreichen. Und starr die Frau nicht so an, die allein ist doch schon peinlich. Lass uns schnell weiter, bevor sie sich noch ins Hafenbecken stürzt und das Wasser überschwappt. Nasse Füße will ich wirklich nicht haben.«

»Ungehobelter Klotz!«

Dann rannte sie schnell ihrem Mann nach, der ungerührt schon einige Schritte weitergegangen war.

Noch als ihr Tränenstrom versiegt war, dachte Jessica: *Irgendwie war mir diese Frau sehr sympathisch. Ich glaube, sie hat auch gemerkt, was mit mir los ist. Aber jetzt nichts wie weg vom Wasser, bevor …*

So schlenderte sie nun langsam in die Altstadt hinein, um sich wieder zu beruhigen. Je ruhiger sie wurde, umso mehr merkte sie, wie durstig sie war. Sie überlegte, in ein Lokal zu gehen und ein Weißbier oder vielleicht auch ein Glas Wein zu bestellen. Aber dann entschied sie sich angesichts ihrer Traurigkeit, ganz auf Alkohol zu verzichten, und holte sich an einem Kiosk zwei Dosen Cola. Eine trank sie sofort leer, die andere steckte sie in ihre Tasche. Dann ging sie weiter in die Fußgängerzone, um sich mit einem Schaufensterbummel auf andere Gedanken zu bringen.

Sie gelangte bis zum Bismarckplatz vor dem Rathaus,

dessen reich verzierte Fassade sie aus allen Richtungen fotografierte. Dann ließ sie sich auf einer Bank nieder und überlegte, ob sie in einem Lokal zu Mittag essen oder sich später auf die Kuchentheke in einem Café stürzen sollte. Noch unschlüssig nahm sie die zweite Coladose aus der Tasche und öffnete sie. Gerade als sie daraus trinken wollte, bekam ihre Bank von hinten einen kräftigen Stoß. Jessica erschrak so sehr, dass ihr die Dose aus der Hand glitt. Dabei hatte sie noch Glück im Unglück, denn ihr neues Sommerkleid bekam nur einige Spritzer ab, der Rest ergoss sich über die Bank und den Boden.

Jessica fuhr herum – und erstarrte. Vor ihr stand, bereit, sich zu entschuldigen, niemand anderes als Marion Brandt.

»Verdammt, was sollte denn das schon wieder?«, fragte Jessica erbost.

»Oh, entschuldigen Sie«, sagte Marion schnell, und man sah ihr an, dass ihr das Missgeschick wirklich leidtat. »Ich habe das Rathaus fotografiert und dabei nicht aufgepasst. Manchmal bin ich echt zu chaotisch.«

Da der erwartete Widerstand ausgeblieben war, lief Jessica nun zur Hochform auf.

»Wenn Sie so chaotisch sind und das auch noch wissen, warum passen Sie dann nicht von vornherein besser auf? Ich bin jetzt jedenfalls von oben bis unten eingesaut und kann ins Hotel zurückfahren; und das auch noch mit dem Zug.«

»Soll ich Sie mit zurücknehmen? Wir wohnen doch im gleichen Ort. Aber um ehrlich zu sein, so schlimm sehen Sie gar nicht aus. Wenn das getrocknet ist, sieht man doch kaum noch was.«

»Na, das sieht Ihnen ähnlich. Wie ich mich fühle, wenn Sie mich von oben bis unten besudeln, das ist der gnädigen Dame völlig egal. Aber bemühen Sie sich nicht, ich werde mich von Ihnen bestimmt nicht aus Lindau vertreiben lassen. Wenn Sie mir dafür in Lindenberg oben etwas mehr aus dem Weg gehen könnten, wäre das schon mal ein guter Anfang.«

Jetzt hatte Jessica es doch geschafft. Auch Marion, die sich zuerst wirklich nur entschuldigen wollte, wurde nun böse.

»Merken Sie eigentlich nicht, dass Sie sich wie ein ungezogenes kleines Kind benehmen?«, fuhr sie Jessica an.

»Wie ich mich benehme, ist immer noch meine Sache!«

»Dumme Kuh«, blaffte nun auch Marion ihr Gegenüber an, was Jessica ihrerseits veranlasste, nun gar kein Blatt mehr vor den Mund zu nehmen.

»Du blödes Kamel!«, schrie sie ihrer Kontrahentin ins Gesicht, und es war ihr völlig egal, was die anderen Leute auf dem Platz dachten. Dann drehte sie sich ruckartig um und marschierte zum nächstbesten Lokal, da sie von dem Streit nun doch noch Hunger bekommen hatte.

Marion war verblüfft wie noch selten in ihrem Leben. Dass sie jemand so gnadenlos runtermachte und dann einfach stehenließ, war ihr noch nie passiert. Kopfschüttelnd sah sie noch immer der Frau hinterher, und die Sympathie, die sie ursprünglich für sie und ihr Schicksal empfunden hatte, begann sich ins Gegenteil umzukehren. Was konnte Marion denn dafür, dass es dieser Frau so schlecht ging? Musste die ihren Frust ausgerecht an ihr auslassen?

»Nun ja«, sagte Marion leise zu sich selbst. »Was soll's?«
Eigentlich hatte sie nach diesem Erlebnis genug von Lindau gesehen und wollte nur noch kurz zum Hafen, um ein Ticket für einen der nächsten Tage zu kaufen. Schließlich hatte sie vor, mit dem Katamaran über fast den gesamten Bodensee hinweg bis zur Insel Mainau zu fahren.

Auf dem Rückweg zum Auto hielt sie jedoch inne und dachte: *Eigentlich schade um den schönen Parkplatz. Besser, um in die Altstadt zu kommen, geht es nicht. Verfluchtes Weibsbild aber auch. Jetzt reicht's mir. Warum soll ausgerechnet ich das Feld räumen? Kommt gar nicht infrage!*
Sie würde sich jetzt noch einige schöne Stunden hier machen, zumal sie auch neue Schuhe und eine Handtasche gebrauchen könnte. Sollte sie dieser Frau noch einmal begegnen, würde sie hocherhobenen Hauptes an ihr vorbeigehen. Heute Abend wollte sie noch einmal in das gleiche Restaurant wie gestern, nur deutlich früher, damit sie sich ihren Platz selbst aussuchen könnte. Außerdem würde sie sich heute Abend ein paar Gläser Wein gönnen.

Jessica hatte unterdessen ihr Frustessen beendet. Sie hatte mal wieder mehr verdrückt, als gut für sie war. Da sie nach dem Tode ihres Mannes aufgehört hatte, auf ihr Äußeres zu achten, war ihr das im Grunde aber egal. Auch hatte sie sich, da sie hier niemand kannte, zum Mittagessen zwei Gläser Weißbier genehmigt. Sie zahlte und ging gemütlichen Schrittes wieder zum Hafen zurück. Schließlich hatte sie noch immer nicht das Alibibild, auf dem eine fröhlich in die Kamera winkende Jessica zu sehen war, gemacht.

Während sie durch die Altstadtgassen zum Hafen zurückschlenderte, dachte sie: *Eigentlich war ich zu dieser Frau reichlich ungerecht. Es hätte ohne Weiteres auch Dominik passieren können, dass er beim Fotografieren im Eifer des Gefechts jemanden umrannte. Da hätte ich kein weiteres Wort verloren.* Wie hatte die Frau zu ihr gesagt? Sie wäre manchmal ein bisschen chaotisch – und so war Dominik auch gewesen. Vielleicht war es ja genau das gewesen, was sie so fürchterlich aufgebracht hatte. Vielleicht hatte sie sich unterbewusst darüber geärgert, dass die Frau sie in diesem Moment an Dominik erinnert hatte.

»Was soll's«, sagte Jessica so laut, dass sich zwei, drei Passanten nach ihr umdrehten und sie anstarrten, als wäre sie eine Irre, aber Jessica nahm nichts davon wahr. So sehr war sie mit einem weiteren Gedanken beschäftigt, der ihr gerade gekommen war.

Ihre Therapeutin schien tatsächlich recht zu haben, dass dieser Urlaub irgendetwas in ihr bewirkte. Nun hatte sie schon zum zweiten Mal in diesen Tagen an Dominik gedacht, ohne gleich in Tränen ausgebrochen oder wenigstens in abgrundtiefer Traurigkeit versunken zu sein. Das war zumindest in dieser Häufung nicht mehr geschehen, seit sie damals im Krankenhaus völlig zusammengebrochen war.

Sie ging weiter in Richtung Hafen und beachtete kaum die Altstadt um sie herum, denn prompt meldete sich ihr schlechtes Gewissen, und sie dachte: *Was ist nur bloß los mit mir? Fange ich jetzt schon an, Dominik zu vergessen? Es ist noch nicht einmal neunundzwanzig Monate her, dass er von mir ging! Das wäre äußerst schwach.* Wenn der Urlaub sie zu sehr von ihrer Trauer ablenkte, wäre es vielleicht doch besser, nach Hause zu fahren. Das sähe dann aber so aus, als räumte sie wegen dieser Frau freiwillig das Feld. *Nein,* dachte Jessica, *das kann ich auch meinen Eltern nicht antun, jetzt schon heimzukommen. Sie wären wirklich enttäuscht von mir.*

Erschöpft ließ sie sich auf eine noch freie Bank am Wegesrand niedersinken, dachte weiter nach und starrte ins Leere. Woran sie genau gedacht hatte, hätte sie später selbst nicht mehr sagen können, doch plötzlich fuhr sie mit einem Ruck hoch, sodass die Dame, die kurz zuvor neben ihr Platz genommen hatte, ebenfalls erschrocken aufsprang und schnell das Weite suchte.

Jessica bemerkte jedoch wieder nichts davon, so sehr war sie in den Gedanken um ihre Trauer gefangen. Ihr war nicht einmal richtig bewusst, dass sie weiterging, und als sie einige Zeit später aus ihrer Versenkung auftauchte, sah sie sich erstaunt um, denn sie war mittlerweile am Hafen angekommen. Erneut setzte sie sich auf eine Bank, und es dauerte nicht lange, da war sie abermals in Gedanken versunken.

Verflixt noch mal aber auch, dachte Jessica. Sie könnte sich den Aufenthalt in Lindau glatt sparen, wenn sie hier so blind durch die Gegend rannte. Sie brauchte sich doch wirklich nicht zu wundern, dass die Touristen sie hier anstarrten, als käme sie vom Mars. Was würde nur Dominik von ihr denken, wenn er das wüsste? Er wäre ganz schön sauer geworden. Irgendwie gab sie allen ständig genügend Anlass dafür. Wahrscheinlich hatte sie auch diese Frau am Rathaus nur deswegen so angeblafft, weil ihr das schlechte Gewissen Dominik gegenüber jede Freude nahm. Wer sie von früher gekannt hätte, hätte gesagt, das warst doch nicht du. So streitsüchtig war sie doch nie gewesen! Kein Wunder, dass die Frau so zurückgeblafft hatte. *Ich hätte mir das vermutlich auch nicht gefallen lassen, wenn mich jemand völlig grundlos so angemotzt hätte.* Das muss, falls sie irgendwann wieder anfangen wollte zu arbeiten, wirklich anders werden. Das konnte man niemandem zumuten. – *So, und jetzt suche ich mir jemanden, der ein Foto von mir macht.*

Als sie sich umblickte, sah Jessica eine ältere Dame neben ihr auf der Bank.

»Könnten Sie vielleicht ein Bild von mir machen?«, sprach sie sie an. »Ich stelle mich mal an die Brüstung vor das Hafenbecken.«

»Natürlich«, erwiderte die Dame überrascht, aber sehr freundlich. Dann hielt sie inne. »Aber …«

»Ja?«

»Wo ist denn Ihr Mann, er muss doch mit aufs Bild drauf.«

Augenblicklich brach Jessica in Tränen aus, entriss der Frau den Fotoapparat und presste hervor: »Der ist seit zweieinhalb Jahren tot.«

»Um Gottes willen«, schrie Edeltraud Pauling entgeistert aus. »Entschuldigen Sie bitte meine Taktlosigkeit.«

»Schon gut«, stammelte Jessica noch mit Tränen in den Augen. »Irgendwie ist mir das nur so rausgerutscht.«

»Nein, nein«, beharrte die freundliche ältere Dame, »ich trete einfach zu leicht in jedes Fettnäpfchen.«

»Das kenne ich gut.«

Jessica hatte sich wieder beruhigt und schniefte nur noch leise. Irgendwie kam ihr diese fremde Frau viel einfühlsamer vor, als sie zuerst gedacht hatte. So leicht hatte Jessica noch selten zu jemanden Vertrauen gefasst, und ehe sie sich's versah, erzählte sie ihr von Dominik und der Fehlgeburt.

»Ich kann Sie nur zu gut verstehen«, sagte die ältere Dame leise, nachdem Jessica geendet hatte.

»Irgendwann muss ich doch mal darüber hinwegkommen und vergessen.«

»Darüber hinwegkommen wäre gut, aber Ihren Dominik aus dem Gedächtnis zu verbannen, das ist absolut nicht nötig«, sagte die ältere Dame zu Jessicas Verwunderung. »Alles, was Sie müssen, ist, mit dem Verlust leben zu lernen. Trauern Sie so lange und stark, wie es Ihnen nötig erscheint, und wenn Sie merken, es könnte langsam wieder aufwärtsgehen, dann wehren Sie sich nicht dagegen, sondern richten Ihr Leben neu ein. Machen Sie bitte nicht den Fehler, sich lebendig zu begraben und nur noch in der Vergangenheit zu leben oder, was noch schlimmer wäre, Ihr eigenes Leben ganz wegzuwerfen, denn das hätte Ihr Mann ganz bestimmt nicht gewollt.«

»Mag sein«, sagte Jessica zögernd, »aber alles andere kommt mir wie Verrat an Dominik vor.«

»So dürfen Sie das nicht sehen, auf gar keinen Fall. Ich weiß, wovon ich rede. Aber gegen Ihres ist mein Schicksal geradezu lächerlich.«

»Wie meinen Sie das?«

»Ich habe meinen Mann vor fünf Jahren verloren. Wir waren schon über dreißig Jahre verheiratet. Mein Mann war bereits sechsundsiebzig, also zehn Jahre älter als ich, und wir haben zwei erwachsene Kinder. Er ist eines Morgens einfach nicht wieder aufgewacht.«

»Das hätte ich nicht gedacht, dass Sie schon einundsiebzig sind!«

»Danke für das Kompliment! Aber wenn Sie mich vor zwei Jahren gesehen hätten, hätten Sie mich für achtzig gehalten. Auch ich musste lernen, ohne ihn zu leben, und das war, genau wie bei Ihnen, nicht gerade einfach. Dabei hatte ich das Glück, über eine entfernte Bekannte, der ich sonst wegen ihrer Schwatzhaftigkeit gern aus dem Weg ging, von einer Selbsthilfegruppe zu hören, die sich auf Trauerarbeit spezialisiert hat. Ich bin dann einige Male dorthin gegangen und habe ziemlich schnell das gelernt, was ich Ihnen gerade versucht habe zu vermitteln. Außerdem habe ich im Gespräch mit den anderen Frauen erkannt, dass es nicht schaden würde, für meinen Neuanfang auch mein Wohnumfeld zu verändern. Ich bin deshalb von Augsburg nach München gezogen.«

»War das denn wirklich nötig?«

»Es hat mir auf jeden Fall sehr geholfen. Außerdem interessiere ich mich heute für Dinge und habe Hobbys, an die ich noch vor zwei Jahren nicht im Traum gedacht hätte. Dazu kommt ein gänzlich neuer Bekanntenkreis an meinem neuen Wohnort.«

»Aber kommt Ihnen das nicht wie Verrat an Ihrem Mann vor? Vor allem, dass Sie ihn ganz allein in Augsburg zurückließen?«

»Wer sagt denn das?«, entrüstete sich die ältere Dame und setzte nach: »Ich habe ihn selbstverständlich umbetten lassen. Er liegt heute sehr schön auf dem Parkfriedhof in Untermenzing. Ich wohne keine zwei Kilometer entfernt, fahre zwei bis drei Mal in der Woche mit dem Bus hin und pflege sein Grab selbstverständlich selbst. Auch wenn ich einen neuen Lebensabschnitt begonnen habe, werde ich meinem Mann immer den Platz in meinem Leben einräumen, der ihm gebührt. Schließlich habe ich sehr viele schöne Jahre mit ihm verbracht. Es waren, das kann ich heute in der Erinnerung ohne Bitterkeit sagen, die schönsten meines Lebens, und ich bin froh, ihn an meiner Seite gehabt zu haben. Dennoch habe ich nach einer sehr harten und schwierigen Phase gemerkt, dass ich mich nicht aufgeben darf. Tun Sie das bitte auch nicht!«

»Äh, ja …«, stammelte Jessica verlegen, und die Dame fügte hinzu: »Noch eins. Ich habe auf Anraten der Trauergruppe etwas getan, was es mir sehr erleichtert hat, mit Richard, so hieß mein Mann, ins Reine zu kommen. Ich habe mein ganzes Leben vor ihm, mit ihm und nach ihm aufgeschrieben.«

»Tatsächlich?«, sagte Jessica erstaunt.

»Ja. Irgendwie war ich damals sauer auf das Schicksal,

dass es mir meinen Mann so plötzlich und unvermittelt weggerissen hat. Über meinen Zorn und meine Traurigkeit hatte ich vergessen, dass es, bevor ich ihn kannte, auch ein Leben gab. Außerdem hatte ich ihn in meiner Erinnerung verklärt und auf einen Sockel gestellt, sodass er fast einem Heiligen glich. Man konnte fast nur noch in Ehrfurcht erstarren. Dabei hatte auch er seine Fehler gehabt. Indem ich beim Schreiben mein Leben Revue passieren ließ, habe ich erkannt, dass ich für die Jahre, die wir zusammen hatten, dankbar sein muss und sie immer in Ehren halten werde – aber dass ich, bevor ich ihn kannte, auch ein glücklicher Mensch war. Warum sollte ich es also nicht wieder werden?«

»So etwas Ähnliches hat mir meine Therapeutin auch mit auf den Weg gegeben.«

»Eine kluge Frau.«

»Ja, aber ich habe wahres Glück doch erst durch meinen Dominik kennengelernt.«

»Das meinen Sie jetzt, da alles voller Trauer ist. Aber erinnern Sie sich an Ihre Kindheit, dann werden Sie merken, dass Sie auch als Kind oder als junge Frau ein glücklicher Mensch waren. Oder haben Ihre Eltern Sie nicht geliebt und auf Händen getragen?«

»Doch, schon, aber …«

»Das ist nicht das Gleiche wie mit Ihrem Mann, wollen Sie sagen. Das stimmt, aber dennoch ist es Glück. Kommen Sie in sich selbst zur Ruhe, und Sie werden merken, dass ich recht habe. Ich habe auch lange gebraucht, um das zu begreifen. Aber es gibt noch einen zweiten Grund, warum Sie auch die Erlebnisse mit Ihrem Mann aufschreiben sollten. Dann haben Sie immer, wenn Sie traurig werden, etwas, das Sie zur Hand nehmen, anfassen und lesen können. Glauben Sie mir, das hilft.«

Von dem Lebensbericht auf sonderbare Weise beruhigt, lächelte Jessica die ältere Dame an und meinte: »Ich werde mein Bestes tun. Wollen Sie nun bitte ein Foto von mir machen?«

»Natürlich, gerne, aber dann muss ich schnell weiter zu meiner Reisegruppe. Unser Bus fährt bald.«

Jessica lächelte für das Foto in die Kamera und wirkte dabei fast schon locker. Sie bedankte sich fast überschwänglich bei der Dame, die ihr wirklich sehr geholfen hatte. Dann sah sie der Frau nach, die eiligen Schrittes in Richtung Busbahnhof ging. Kurz darauf verschwand sie in der Menschentraube, die vor einem riesigen Reisebus warte, und Jessica sah sie nicht mehr.

Sie überlegte, was sie noch machen könnte, bis zu ihrer geplanten Rückfahrt mit dem Bus hatte sie noch fast zwei Stunden. Da fiel ihr Blick auf ein Plakat, das sofort ihre Aufmerksamkeit erregte. Es war ein Werbeplakat der Blumeninsel Mainau.

Weil Blumen vor Dominiks Tod ihre zweitgrößte Leidenschaft gewesen waren, fasste sie augenblicklich den Entschluss, der Insel einen Besuch abzustatten. Mit dem Schiff – noch vor Kurzem wäre ihr das gewiss nicht eingefallen.

Zeigten die Worte der Dame am Ende schon Wirkung? Jessica dachte nicht lange darüber nach und ging zum Ticketschalter hinüber, um sich beraten zu lassen.

Anscheinend war sie mit ihren Gedanken aber doch

noch bei dem Gespräch mit der Dame, als sie an den Schalter trat. Als sie dort nach ihren Wünschen gefragt wurde, erklärte sie: »Ich möchte in den nächsten Tagen nach Mailand fahren. Welches Schiff könnten Sie mir denn empfehlen?«

Die Frau am Schalter sah sie zuerst irritiert an, sagte aber dann lachend: »Nach Mailand würde ich Ihnen auf jeden Fall den Bus empfehlen, das ist entschieden billiger und geht außerdem schneller.«

Jessica war ihr Versprecher äußerst peinlich, aber kichern musste sie trotzdem, denn ein Mann hinter ihr in der Schlange fragte verwundert: »Ach, das ist ja interessant, fährt dort auch ein Bus hin?«

»Männer«, schnaufte seine bessere Hälfte, die Jessicas Versprecher im Gegensatz zu ihm nicht überhört hatte, stieß ihrem Mann in die Seite und schob grinsend nach: »Ich wusste gar nicht, dass der Bodensee bis nach Mailand reicht.«

Nachdem das Missverständnis aufgeklärt war, entschied sich Jessica schnell für die Fahrt mit dem recht teuren, aber wesentlich schnelleren Katamaran, da ihr mit den normalen Kursschiffen kaum Zeit geblieben wäre, sich gründlich auf der Insel umzusehen. Danach sah Jessica auf ihre Armbanduhr, stellte fest, dass sie noch immer reichlich Zeit hatte, und machte sich erneut auf den Weg in die Altstadtgassen. Dort ging sie in den erstbesten Fotoladen und kaufte sich zu ihrer eigenen Verblüffung eine neue, preiswerte Digitalkamera, die sie am übernächsten Tag auf der Blumeninsel benutzen wollte.

5.

Albtraum am Alpsee

Jessica hatte in der vergangenen Nacht nur wenig geschlafen. Sie hatte sich zunächst von einer Seite auf die andere gewälzt und immerfort an das Gespräch mit der alten Dame auf dem Hafenplatz von Lindau gedacht. Deren Worte über den Neuanfang, den sie hinter sich gebracht hatte, gingen Jessica nicht mehr aus dem Kopf. Bislang hatte sie das Wort Neuanfang mit dem Wort Verrat in eine Zeile geschrieben. Aber wenn das stimmte, dass man es schaffen konnte, neu anzufangen, ohne zu vergessen …

Weil sie ohnehin nicht einschlafen konnte, war sie wieder aufgestanden und hatte dann die halbe Nacht versucht, den Vorschlag der alten Dame in die Tat umzusetzen. Auf dem dicken Spiralblock, den sie sich noch auf dem Heimweg von ihrem gestrigen Ausflug gekauft hatte, hatte sie begonnen, ihre Lebensgeschichte aufzuschreiben – zunächst hatte sie sich in die sonst verlassene Gaststube gesetzt und dann noch bis zwei Uhr auf ihrem Zimmer gesessen. Leider war sie, so sehr sie sich auch bemühte, über die erste Seite nicht hinausgekommen.

Dann hatte sie sich erschöpft hingelegt und war in einen unruhigen, zu kurzen Schlaf gefallen.

Nun ja, es half nichts, sie musste aufstehen. Schließlich

wollte sie heute zum Alpsee fahren, und mit den öffentlichen Verkehrsmitteln glich diese Tour einer Weltreise.

Für einen kurzen Moment erwog Jessica ein Auto zu mieten. Das wäre doch ein guter Neuanfang, sagte sie sich, während sie ihre Haare wusch. Aber dann dachte sie daran, dass sie sich am Vortag einen neuen Fotoapparat zugelegt hatte, der ihr inzwischen ohnehin schon recht schmales Budget bereits deutlich belastete. Damit war das Thema schnell vom Tisch.

Sie schaltete den Haartrockner ein, und als der warme Wind ihr durchs Haar fuhr, da glaubte sie fast, Dominiks Hände zu spüren, wie er ihre Haare zerzauste. Das hatte er so gern gemacht, und sie hatte sich immer wieder darüber aufgeregt. Einmal mehr wurde ihr bewusst, wie sehr sie die zärtlichen Hände ihres immer fröhlichen, chaotisch-eigensinnigen und doch stets liebenswerten Dominik vermisste. Sie sehnte sich plötzlich so sehr nach seiner dominanten Zärtlichkeit.

Sie schloss die Augen, streichelte sich selbst und stellte sich vor, Dominik sei bei ihr. Eine heiße Welle der Erregung erfasste sie. Doch dann fiel ihr Blick zufällig auf das Ziffernblatt ihres Weckers, sie bemerkte, wie spät es schon war, und der Zauber, den sie in den letzten beiden Jahren so schmerzlich vermisst hatte, fiel augenblicklich in sich zusammen.

Fast schon zornig sagte sie zu sich selbst: »Dumme Kuh, das ist vorbei. Das bekommst du nie wieder. Sieh lieber zu, dass du den Bus nach Röthenbach nicht verpasst.«

Sie zog sich fertig an und stieg die enge, steile Treppe

in den Frühstücksraum hinunter. Sie setzte sich auf ihren Stammplatz und wartete darauf, dass die Wirtin ihr den Kaffee brachte. Als der dampfend vor ihr stand, ging sie zum Büfett, lud sich einen riesigen Teller voll Wurst und Käse auf und nahm sich drei Brötchen. Als sie alles an ihren Platz getragen hatte, standen die Rühreier, die sie fast jeden Morgen aß, schon bereit. Nach der viel zu kurzen Nacht konnte sie kaum aus den Augen sehen, dafür hatte sie einen riesigen Kohldampf. Sie dachte daran, dass sie sich in den letzten Wochen und Monaten völlig unregelmäßig ernährt hatte – sie hatte oftmals zu viel, manchmal aber auch zu wenig gegessen.

Doch anstatt sich auf ihr Frühstück zu konzentrieren, konnte Jessica ihre Gedanken kaum im Zaum halten. Kaum hatte sie die deprimierende Erinnerung an ihre nächtlichen Schreibversuche beiseitegeschoben, da dachte sie: *Hoffentlich begegne ich am Alpsee nicht schon wieder dieser unmöglichen Person,* und sie erinnerte sich mit Grausen an den Vorfall vor dem alten Rathaus von Lindau.

Aber da hätte sich Jessica Lenz keine Sorgen zu machen brauchen, denn Marion Brandt hatte für diesen Tag andere Pläne. Sie wollte an diesem Tag zum Shoppen nach Kempten fahren und war deshalb beizeiten aufgestanden. Als Jessica in den Bus nach Röthenbach stieg, war sie bereits in Kempten im Parkhaus südlich der Fußgängerzone angekommen. Wie immer, wenn sie shoppen ging, was selten genug vorkam, eröffnete sie ihre Einkaufstour mit einem Cappuccino in einem Eiscafé.

Während sie sich sonst immer ziemlich schnell ins Getümmel stürzte, weil ihr die Uhr im Nacken saß, hatte sie an diesem Morgen Zeit. Genügend davon, um nachdenklich einige Minuten länger als üblich sitzen zu bleiben. Es schien ihr sonderbar, dass sie dieser Frau, die so sehr um ihren Mann trauerte, immer wieder über den Weg lief. Und das nicht nur in dem Städtchen Lindenberg, nein auch im viel größeren Lindau waren sie zielsicher ineinander gerauscht.

Nun ja, was soll's, dachte Marion und wollte aufstehen, blieb dann aber doch noch etwas sitzen und dachte über das Schicksal dieser Frau nach. Es berührte sie, und irgendwie imponierte Marion ihr Verhalten. Erst als sie sich erneut ins Gedächtnis rief, wie unharmonisch, um nicht zu sagen feindselig alle Begegnungen zwischen ihnen bislang verlaufen waren, stand sie auf und verließ das Eiscafé, um direkt nebenan in einem Fachgeschäft für Lederwaren und Taschen zu verschwinden.

Auch Jessica war inzwischen ihrem Ziel näher gekommen. Ihr Zug hatte Immenstadt, das sie schon einmal besucht hatte, erreicht, und sie stieg gerade in den Bus, der sie hinaus nach Bühl am Alpsee bringen sollte. Noch immer spukte das Wort Neuanfang in ihrem Kopf herum, und sie fragte sich, ob es denn wirklich an der Begegnung mit der älteren Frau lag, dass sie hier in dieser schönen Landschaft dieses Wort denken konnte, ohne gleich allerschwerste Gewissensbisse zu bekommen. Oder hatte ihre Therapeutin das etwa so vorausgesehen?

Nein, das schien ihr doch zu unwahrscheinlich. Sie

74

selbst konnte kaum verstehen, dass ihr ein Neuanfang nun nicht mehr völlig undenkbar erschien.

Aber wie könnte so ein Neubeginn überhaupt aussehen? Sollte sie sich in ein, zwei Jahren einen neuen Mann suchen, heiraten, Kinder mit ihm haben und Dominik mit der Zeit vergessen? Nein, das würde bestimmt nicht geschehen. Sie konnte sich noch sehr genau daran erinnern, wie dieser Möchtegern-Casanova in Ulm ihr nachgerannt war. Das war ihr nicht nur außerordentlich peinlich, sondern auch sehr unangenehm gewesen. Obwohl sie sich in den letzten Tagen immer wieder einmal nach zärtlichen Händen auf ihrer Haut gesehnt hatte, wusste sie, dass es Dominiks waren, die sie spüren wollte, und nicht die irgendeines dahergelaufenen Hallodris. Es ging ihr da wie der alten Dame, die gesagt hatte, sie wisse heute, dass die Jahre mit ihrem Mann die schönsten ihres Lebens gewesen seien, und sie räume ihm auch weiter den wichtigsten Platz in ihrem Herzen ein. Nur damit, darüber ihr eigenes Leben nicht zu vergessen, hatte Jessica so ihre Probleme. Wie hatte die Frau weiterhin gesagt? Sie mache es ganz so, wie ihr Mann es sich gewünscht habe. Aber was hätte Dominik sich gewünscht? Jessica wusste es nicht. Er hatte in seiner bestimmenden Art meist vorgegeben, was gemacht wurde, und sie war froh gewesen, sich ganz auf ihn verlassen zu können. Er wollte eben immer das Beste für sie. Aber was war das? Damit war sie wieder am Ausgangspunkt ihrer Gedanken angekommen.

Ihre Ankunft in Bühl hätte sie indessen beinahe nicht bemerkt, so vertieft war sie in ihre Grübeleien. »Na, junge Frau«, sagte auf einmal eine Stimme neben ihr, und Jessica schrak zusammen.

»Also, ich müsste dann mal wieder fahren«, erklärte ihr der Busfahrer, der sie offenbar schon eine ganze Weile beobachtet hatte. »Wollen Sie vielleicht gleich wieder zurück?«

»O Verzeihung«, rief Jessica erschrocken aus. »Nein, nein, natürlich nicht, ich wollte doch hierher.«

»Dann aber mal ein bisschen flott«, forderte der Busfahrer sie grinsend auf. »Wegen Ihnen kann ich keine Verspätung riskieren. Aber wenn ich Ihnen noch einen Tipp zum Abschied geben darf: Ich würde nicht so geistesabwesend hier rumrennen. Der Alpsee ist wirklich sehr tief, und so wie ich Sie einschätze, ist durchaus mal ein falscher Schritt drin. Wenn Sie nicht aufpassen, wäre es denkbar, dass Sie ein unfreiwilliges Bad nehmen.«

Während Jessica etwas verärgert über die kesse Lippe des Busfahrers ausstieg, setzte der sich wieder ans Steuer, sah ihr nach und dachte: *Auf so ein Drama wie im letzten Jahr kann ich gut und gern verzichten.* Noch viel zu gut erinnerte er sich an die Schlagzeilen überall in der Lokalpresse – junge Frau stürzte in den Alpsee. War es ein Unfall oder Selbstmord?

Nun stand Jessica ganz alleine auf dem großen Parkplatz mit der Haltestelle, denn die anderen Busfahrgäste hatten sich ziemlich schnell in alle Richtungen zerstreut. Da das Wetter an diesem Vormittag ziemlich trübe war und es nach Regen aussah, waren auch nicht allzu viele Autos auf dem Parkplatz. So konnte Jessica nahezu ungestört über die Zufahrtsstraße schlendern und dabei ihren Gedanken nachhängen. Dazu stellte sie sich an das Geländer der Brücke über die Ach, die den Großen mit dem Kleinen Alpsee verband. Während sie ins Wasser starrte und den Fischen zusah, die sich im Wasser tummelten, dachte sie daran, wie gern auch sie früher schwimmen gegangen war. Sie war immer eine gute Schwimmerin gewesen. Dominik hatte das ganz traurig gemacht, denn er konnte nur schlecht schwimmen, ja war regelrecht wasserscheu und nicht einmal dazu zu bewegen, mit einem Schiff zu fahren. Aber worauf verzichtete man nicht alles aus Liebe. Um sein Andenken zu bewahren, war Jessica auch nach seinem Tod ihrem Lieblingssport ferngeblieben.

»Vielleicht sind das die kleinen Dinge, die ich einfach ändern muss, um einen Neuanfang zu machen«, sagte sie zu einem Fisch, der in dreister Weise bis an die Wasseroberfläche geschwommen kam.

Im ersten Moment glaubte sie, der Fisch sähe sie verwundert an, aber dann dachte sie schnell: *Jessica, jetzt spinnst du aber hochgradig. Komm mal schnell auf den Boden der Tatsachen zurück. Und vor allem: Wie kannst du diesen Ausflug und die ganzen Schönheiten hier auch nur ansatzweise genießen, wenn deine Gedanken immerfort und ausschließlich um Dominik kreisen? Kein Wunder, dass der Busfahrer gefragt hat, ob du wieder mit zurückfährst.*

Sie hängte sich ihre Tasche mit der neuen Digitalkamera darin, die sie neben sich auf den Boden gestellt hatte, wieder um und ging auf die Seepromenade zu.

Gleich am Anfang stand ein Restaurant, und davor war ein großes Schild: Kaffee und Kuchen.

Es fiel ihr wirklich schwer, aber sie widerstand der Versuchung und schlenderte langsam weiter.

Jessica war von der Schönheit der Promenade begeistert. Sie war mit Blumenkübeln bestückt, in denen es in allen Farben blühte. Jessicas fachfraulicher Blick erkannte die meisten Arten sofort, und ihre lateinischen Namen waren ihr ebenfalls gleich präsent, obwohl sie schon einige Jahre keine Berufspraxis mehr hatte. Blumen waren eben noch immer eine Leidenschaft von ihr, wenn auch in den letzten Jahren nicht mehr ganz so wichtig gewesen.

»Vielleicht sollte ich mir, sobald ich wieder zu Hause bin, einen Job suchen«, murmelte sie vor sich hin, als sie einen Souvenirladen betrat.

»Wie bitte?«, fragte die Frau hinter der Theke irritiert, und Jessica antwortete schnell: »Ach nichts, ich habe nur mit mir selbst gesprochen.«

»Ach so«, sagte die etwa Sechzigjährige, als wäre es die normalste Sache der Welt, dass die Touristen, die ihren Laden betraten, Selbstgespräche führten.

Jessica suchte in den Regalen eine Weile nach schönen Andenken und wurde zu ihrem Leidwesen auch fündig. Sie erinnerte sich lächelnd daran, wie Dominik auf den drei Reisen, die sie gemeinsam unternommen hatten, immer gegrinst hatte, wenn sie die Souvenirläden und andere Geschäfte stürmte. Er hatte sie in diesem Punkt nie so recht verstanden. Dennoch hatte er aus Liebe nie gemeckert und sie gewähren und walten lassen, egal wie teuer es wurde. Auch nicht bei der Handtasche für fast dreihundert Euro. Nun ja, er war in dieser Hinsicht auch kein Unschuldsengel. Schließlich hatte er alles gesammelt, was es so zu erhaschen gab. Bei Briefmarken, Münzen oder den Stofftieren war das noch nachvollziehbar gewesen, aber bei Bierdeckeln, Kronkorken, Autoaufklebern und Werbegeschenken war er oftmals viel zu weit gegangen. Zumal das ganze Sammelsurium zu Hause in einer riesigen Kiste verstaut war, die nun noch immer überall im Wege stand. Schließlich hatte Jessica fast alles behalten. Lediglich von den Stofftieren hatte sie sich schweren Herzens getrennt. Für die war, als sie nach ihrem Selbstmordversuch zu den Eltern zurückzog, in ihrem alten Kinderzimmer einfach kein Platz mehr gewesen. Sonst aber hatte sie nichts von dem, was Dominik so zusammengetragen hatte, verkauft oder weggeworfen. Über die vielen Stofftiere hatte sich ihre Nichte riesig gefreut.

Wie lange Jessica vor dem Regal mit den Aschenbechern gestanden und vor sich hingeträumt hatte, hätte sie im Nachhinein gar nicht mehr sagen können. Jedenfalls griff sie fast mechanisch hinein und nahm den schönsten heraus. Sie achtete nicht auf den Preis und dachte schon gar nicht daran, dass sie seit Jahren nicht mehr rauchte. Während sie das Utensil zur Kasse trug, dachte sie daran, dass sie dem überzeugten Nichtraucher Dominik zuliebe ziemlich schnell, nachdem sie sich kennengelernt hatten, das Rauchen aufgegeben hatte. Dennoch nahm sie ihn ebenso mit wie die beiden sehr schönen Feuerzeuge mit der Aufschrift des Sees, an dem sie verweilte, und dazu noch fünf Kugelschreiber. Einen sollten die Eltern bekommen, ein anderer war für ihren Bruder. Für ihre Schwägerin Tanja fand Jessica eine schöne Sammeltasse – eine Retourkutsche für ihre Frechheiten, denn ihre Schwägerin konnte Sammeltassen auf den Tod nicht ausstehen. Zu guter Letzt fand sie noch ein goldenes und ein roségoldenes Feuerzeug für sich, an denen sie nicht vorübergehen konnte, und für die achtjährige Bianca ein Plüschtier.

Als sie schwer bepackt mit ihrem Stoffbeutel wieder an die Luft kam, atmete sie erst mal gut durch, denn in dem Laden war es sehr stickig gewesen.

Sonderbar, dachte sie, *warum habe ich den Aschenbecher und die beiden Feuerzeuge gekauft?*

Da sie keine Antwort wusste, dachte sie nun auch nicht weiter darüber nach und setzte ihren Weg fort. Sie bereute es nicht, hierhergefahren zu sein, so gut gefiel es ihr hier schon jetzt.

Die Promenade war nicht sehr lang, und schon nach kurzer Zeit war Jessica an deren Ende angekommen. Sie schlenderte am Campingplatz vorbei und wusste, dass ein Stück weiter draußen noch ein Strandbad war, aber was sollte sie dort?

So kam es, dass sie sich am einsamsten Stück des Promenadenweges auf einer Bank niederließ und die Beine ausstreckte. Schließlich hatte sie in der vergangenen Nacht kaum geschlafen, und das rächte sich jetzt. Sie war auf einmal hundemüde.

Für einen Augenblick schloss sie die Augen. Als sie sie wieder öffnete, traute sie ihnen kaum, denn ihr Aschenbecher stand neben ihr auf der Bank, und sie hielt eine Zigarette in den Händen. Wo kam denn die auf einmal her? Aber noch bevor Jessica sich mit dieser Frage beschäftigen konnte, hörte sie plötzlich, wie jemand sie ziemlich scharf von der Seite her ansprach: »Jessica, was ist denn das? Rauchst du etwa wieder? Wenn du die nicht augenblicklich ausmachst, setze ich mich nicht zu dir!«

Sie drehte sich zu der Stimme um und erkannte in dem Moment Dominik, der neben ihr an der Bank stand und sie ungewöhnlich grimmig ansah.

»Dominik, du lebst«, fragte sie verblüfft, aber er gab keine Antwort.

Stattdessen sagte er noch mal: »Mach bitte die Zigarette aus, ich vertrage den Rauch nicht. Hast du das nach so kurzer Zeit schon vergessen?«

Fast schon erschrocken über seinen Ton warf sie die Zigarette zu Boden und trat sie aus. Da setzte er sich neben sie. Im gleichen Moment erkannte Jessica, dass es gar nicht Dominik war, der neben ihr saß, sondern ihr erster Freund, das pickelgesichtige Bürschchen aus der zehnten Klasse der Realschule, das so verklemmt war, dass da gar nichts gelaufen war. Martin hieß er. Sein Nachname fiel ihr nicht mal mehr ein. Als sie ihn damals mit sechzehn fragte, ob er mit ihr schlafen wolle, hatte er ziemlich schnell Reißaus genommen. So auch dieses Mal. Sie drehte ihm nur ihr Gesicht zu, da lösten sich plötzlich seine Konturen auf und der Draufgänger aus der Berufsschule, Thomas Leinweber, saß neben ihr.

Verwirrt sah Jessica sich um und entdeckte Dominik,

wie er hinter einem Busch stand und dem bunten Treiben zusah.

Er grinste übers ganze Gesicht, sagte aber nichts.

In dem Moment fing der Jugendliche neben ihr an, nach Jessicas Brüsten zu grapschen, und sie langte ihm eine, die nicht von schlechten Eltern war. Da war auch er verschwunden, und der Casanova für Arme aus dem Ulmer Hauptbahnhof hatte die Ohrfeige bekommen.

»Scher dich zum Kuckuck«, sagte Jessica zu dem Mann, und genau das geschah innerhalb von Sekundenbruchteilen.

Neben ihr hatte nun eine absolut konturlose Person Platz genommen, die zudem über keinerlei Gesicht verfügte. Zumindest schien es Jessica so.

»Dominik, was soll das?«, fragte sie ihren Mann, der langsam wieder näher kam. »Warum setzt du dich nicht zu mir?«

»Weil mein Platz nicht mehr an deiner Seite ist. Ich bin leider viel zu früh davon abberufen worden. Aber du hast noch viele Jahre vor dir, die du nicht verschwenden darfst.«

»Und wer ist das?«, fragte Jessica ängstlich.

Dabei deutete sie auf die sonderbar konturenlose Person neben sich, die partout nicht verschwinden wollte und deren Anwesenheit Jessica dennoch nicht unangenehm war.

»Das ist die Person, die einmal meinen Platz einnehmen wird.«

»Das wird nie geschehen.«

»Doch, und das ist auch gut so.«

»Solche Worte von dir? Du warst doch immer so eifersüchtig?«

»Ja, ich sehe jetzt ein, dass das ein Fehler war. Ich habe dir aus selbstsüchtigen Motiven zu viele Entscheidungen abgenommen und dich dabei in eine Art Unselbstständigkeit gedrängt. Das tut mir sehr leid. Aber du darfst deswegen die vielen Jahre, die du noch vor dir hast, nicht wegwerfen. Lass es geschehen, und sperre dich nicht dagegen, wenn es so weit ist.«

»Aber was … wann …«

»Wenn du bereit für einen Neuanfang bist.«

»Wann wird es so weit sein?«

»Was weiß ich, du wirst es schon merken.«

»Kannst du mir wenigstens sagen …«, fragte Jessica ihren Mann, aber da wurden Stimmen laut, die von irgendwo anders herzukommen schienen, und Dominik verschwand.

Erst jetzt wurde Jessica bewusst, dass sie jemand an der Schulter rüttelte und auf sie einredete.

»… ist denn mit Ihnen los? Brauchen Sie Hilfe?«

Aus ihrem Traum gerissen, schlug sie die Augen auf, setzte sich gerade hin und sagte: »Nein, es ist gestern Abend sehr spät geworden, ich bin wohl eingeschlafen.«

Noch nicht völlig in die Realität zurückgekehrt, sah sie den Mann, der ihr gegenüberstand, prüfend an und dachte: Hat Dominik am Ende gar von ihm gesprochen?

Aber dann fiel ihr Blick auf seinen Ehering und die attraktive Frau, die nur einen Schritt hinter ihm stand. Nein, der war es wohl nicht.

»Das haben wir uns schon gedacht«, erklärte nun die Frau, »aber Sie haben im Schlaf laut gesprochen.«

Schockiert sah Jessica die beiden an und fragte: »Was habe ich denn gesagt?«

»Das konnten wir nicht so recht verstehen, nur ein Name war deutlich herauszuhören – Dominik. Ist das Ihr Mann?«

»Ja.«

»Wo ist er denn? Soll ich ihn holen?«

»Das dürfte schwierig werden.«

Die Frau sah sie fragend an.

»Er ist vor zweieinhalb Jahren bei einem Arbeitsunfall ums Leben gekommen«, erklärte Jessica rundheraus, denn sie hoffte, das Paar, das wohl vom nahen Campingplatz gekommen war, so am schnellsten wieder loszuwerden.

Die beiden Spaziergänger sahen einander betreten an und fragten eindringlich: »Brauchen Sie wirklich keine Hilfe?«

»Ganz bestimmt nicht«, sagte Jessica schnell und log dreist drauflos: »Obwohl ich im Allgemeinen schon gut darüber hinweg bin, passiert es mir manchmal, wenn ich mich zu sehr verausgabt habe, dass ich sehr bewegt von meinem Mann träume.«

Die beiden brauchten schließlich nicht zu wissen, dass sie vor drei Tagen das Wort Neuanfang noch nicht einmal hatte denken können. Die Notlüge hatte den erhofften Erfolg, die Passanten gingen weiter.

Jessica wischte sich den Schweiß von der Stirn. Der Albtraum, der ihr schon jetzt wie eine Botschaft von

Dominik aus dem Jenseits vorkam, hatte sie bedeutend mehr mitgenommen, als sie sich selbst eingestehen wollte. Aber es war ihr auch verdammt peinlich, dass Leute sie im Schlaf vor sich hinplappernd vorgefunden hatten.

Außerdem war ihr klar, dass sie nun erst mal über den Traum nachdenken musste, und das ging am besten mit einem Stück Sahnetorte und Kaffee. Jessica sah auf ihre Armbanduhr und stellte fest, dass sie fast eine halbe Stunde geschlafen hatte. Da sie mittlerweile auch einen gehörigen Durst verspürte, stand sie schnell auf und ging über die Promenade zurück. Unterwegs klammerte sie jeden Gedanken an den Traum aus und strebte, ohne nach links und rechts zu schauen, dem Restaurant entgegen, an dem sie vorhin vorbeigegangen war. Erst als sie in der nett eingerichteten Gaststube saß und Kaffee, Kuchen und ein Glas Weißwein bestellt hatte, wurde sie wieder ruhiger. Nach dem ersten Schluck Kaffee begann sie über den Traum nachzudenken und wollte versuchen, ihn zu analysieren. War das wirklich eine Botschaft von Dominik gewesen? Oder gab er nur das wieder, was sie sich selbst für ihre Zukunft erträumte, bislang aber nicht einzugestehen wagte? Obwohl sie spirituellen Dingen sehr skeptisch gegenüberstand, auch die Religiosität ihrer Eltern schon seit ihrer Kindheit kritisch hinterfragte, wollte sie trotzdem nicht gänzlich ausschließen, dass es tatsächlich Dominik war, der zu ihr gesprochen hatte.

Aber wie dem auch sei, sagte sie sich. *Ob es nun wirklich Dominiks Wille ist oder ich das nur glauben will. Nach diesem Tag muss es einfach einen Neuanfang geben.*

Irgendwann würde vielleicht auch wieder ein neuer Mann in ihr Leben treten, das hätte Dominik schon so gewollt. Darüber war sie sich jetzt ganz sicher. Allerdings würde sie nichts dazu tun, nur abwarten.

Wie hatte schon die alte Dame in Lindau gesagt? Sie hatte ihren Mann in der Zeit nach seinem Tod engelsgleich verklärt, obwohl er beileibe kein Engel gewesen sei?

Ganz genau so war es bei ihr gewesen. Aber nun, nach diesem Traum, war ihr klar geworden, dass es ihr ganz genau so ergangen war wie der alten Dame. Sie hatte ihren Mann auf einen viel zu hohen Sockel gestellt. Dominik war zwar liebenswert und gutmütig gewesen, hatte aber auch so seine Macken gehabt. Seine Dominanz zum Beispiel, die keinen Widerspruch duldete. Er hatte immer alles nur zu ihrem Besten getan, davon war sie felsenfest überzeugt – aber am Beispiel mit dem Rauchen konnte man unschwer erkennen, dass er in seinem Eifer auch gern übers Ziel hinausgeschossen war. Als sie sich zum dritten Mal bei ihm zu Hause getroffen hatten, hatte er ihr gesagt, er vertrage den Rauch nicht, und sie gebeten auf den Balkon zu gehen. Sie hatte es aus Liebe sofort getan, obwohl sie ganz und gar nicht erfreut war, sich mitten im Winter in die Kälte hinauszustellen – so weit hatte sie es noch eingesehen. Als sie einige Wochen später aber einmal in einem kurzen Moment der Gedankenlosigkeit ihre Zigarettenpackung sowie das Feuerzeug im Wohnzimmer sitzend gezückt hatte, war er so wütend geworden, wie sie ihn später nie mehr erlebt hatte.

Da hatte er sie vielleicht angefahren: »Na, allzu groß

kann deine Liebe zu mir nicht sein, wenn du nach so kurzer Zeit vergessen hast, dass ich diesen elenden Gestank nicht vertrage.« Dabei hatte er ein so grimmiges Gesicht gemacht, dass Jessica ganz anders geworden war. Eigentlich hatte sie schon ziemlich scharfe Widerworte auf der Zunge gehabt, diese aber hinuntergeschluckt. Dabei war sie schnell aufgestanden und zur Tür gegangen, damit er die Tränen in ihren Augen nicht sah. Aber Dominik hatte gemerkt, dass er zu weit gegangen war und was er damit angerichtet hatte. Schlagartig war es auch um seine Fassung geschehen. Als er ihre Tränen bemerkte, musste er heftig schlucken, und er entschuldigte sich augenblicklich für sein ungebührliches Verhalten.

Danach war etwas Derartiges nie mehr vorgekommen. Allerdings hatte Jessica dann auch sehr schnell aufgehört zu rauchen, und Dominik damit viele Pluspunkte bei ihren Eltern gesammelt, die sich seit Jahren vergeblich bemüht hatten, ihre Tochter davon zu überzeugen.

Jessica riss sich gewaltsam aus ihren Erinnerungen, denn während sie diese Szenen hatte Revue passieren lassen, war auch die Zeit unaufhaltsam vorangeschritten. Auch hatte Jessica nach zwei Gläsern Wein, drei Tassen Kaffee und drei Stücken Käsesahnetorte sowie den vielen Souvenirs ihr heutiges Taschengeldkontingent deutlich überschritten.

So beschloss sie, das Trinkgeld nicht mehr so fürstlich ausfallen zu lassen wie in den letzten Tagen und am Abend auch nicht in die Gaststube ihres Hotels zu gehen. Schließlich wollte sie am nächsten Tag mit dem Katamaran nach Mainau fahren und sich dort gute sechs

Stunden aufhalten. Alles in allem wäre sie also mehr als zehn Stunden unterwegs. Da würde sie wieder einiges an Verpflegung brauchen, zumal sie sich auf der Schiffsfahrt auch ein Glas Wein und auf der Blumeninsel einige schöne Andenken genehmigen wollte. Für ihre Nichte, die bald Geburtstag hatte, suchte sie ohnehin noch etwas ganz Besonderes, wusste aber noch nicht so recht, was. Nun ja, es blieb ihr noch etwas Zeit, das Richtige zu finden. Mit dieser Erkenntnis und der Gewissheit, dass an diesem Nachmittag die Würfel für einen Neuanfang gefallen waren, verließ Jessica das Lokal und ging gemächlichen Schrittes der Bushaltestelle entgegen.

Am Abend setzte sie ihr Vorhaben in die Tat um und aß tatsächlich nicht mehr im Restaurant. Sie ließ sich von den Wirtsleuten lediglich eine Flasche Mineralwasser und einige Knabbereien mit auf ihr Zimmer geben.

So kam sie allerdings auch um das zweifelhafte Vergnügen, der dummen Ziege, wie sie ihre unerwünschte Urlaubsbekanntschaft insgeheim nannte, zu begegnen, die auch an diesem Abend zum Essen in den Löwen am Markt gekommen war.

Stattdessen startete sie einen weiteren Versuch, ihr bisheriges Leben zu Papier zu bringen, gab das Vorhaben aber schon nach etwas mehr als zwei Stunden entnervt und hundemüde auf.

6.

Bodenseegewitter

Am nächsten Morgen war es allerdings nicht Jessica, die Schwierigkeiten hatte, aus dem Bett zu kommen. Seit sie ahnte, dass es für sie einen Neubeginn geben konnte, hatte sie viel mehr Elan.

Dafür hatte Marion schlecht geschlafen. Sie hatte sich am Vorabend gegen elf zu ihrem Hotel zurückbegeben und war dann ziemlich schnell ins Bett gegangen, da sie müde war und auch das Nachtprogramm auf sämtlichen Fernsehkanälen nicht allzu viel hergab. Aber dann hatten laute Stimmen, die vom Spielplatz heraufdrangen, sie ungewöhnlich lange daran gehindert einzuschlafen. Dieser Spielplatz war der Lieblingsplatz der Kleinstadtjugend, die sich hier regelmäßig traf. Nachmittags die Kleinen, am frühen Abend so zwischen acht und zehn die Zwölf- bis Vierzehnjährigen und am späten Abend alle die, die bereits einen knatternden fahrbaren Untersatz hatten.

Die Älteren, die schon Auto fuhren, verteilten sich glücklicherweise auf die Discos und Kneipen im Umland. So kam es, dass gerade die Jugendlichen, denen man eigentlich etwas mehr Vernunft als den Zehnjährigen hätte zutrauen dürfen, immer wieder besonders negativ auffielen. Ihr Gebrüll, wenn sie mit Bierflaschen bewaffnet um den Sandkasten herumstanden und jeder sich bemühte, der Lauteste in der Clique zu sein, ging üblicherweise zwischen elf und halb zwölf zu Ende, aber am letzten Abend hatten die jungen Leute offenbar etwas zu feiern und blieben besonders lange. Dem Gegröle nach zu urteilen tranken sie wohl auch deutlich mehr Bier als sonst. Vielleicht hatte einer von ihnen Geburtstag. Marion interessierte das herzlich wenig, sie wurde aber gezwungen mitzufeiern. Irgendwann bemerkte sie, dass die Stimmen eine andere Klangfärbung annahmen. Ein kurzer Blick auf den Wecker sagte ihr, dass es bereits halb eins war.

Ein junger Mann, der vorher noch mit ruhiger, dunkler Stimme gesprochen hatte, kreischte plötzlich los: »Du Sau, was fällt dir ein, meine Freundin anzubaggern?«, worauf der Angesprochene eingeschüchtert erwiderte: »Ich … ich hab doch nichts gemacht.«

»Ich hab's doch gesehen«, schrie darauf wieder der Erste.

So ging das eine ganze Weile hin und her, bis der, dessen Freundin angeblich angegrabscht worden war, völlig die Nerven verlor.

»Ich mach dich fertig, du Sau«, schrie er. Gleich darauf hörte man mehrfach ein dumpfes Klatschen.

Wenig später erklang ein Martinshorn, und es wurde urplötzlich still hinterm Haus. Dafür wurde Marions Zimmer fast taghell ausgeleuchtet. Sie wusste, dass sie so unmöglich zur Ruhe kommen konnte. Deshalb stand sie schnell auf und trat ans Fenster. Die Szene, die sich ihr bot, war schrecklich. Ein Polizeibus stand da und hatte den Suchscheinwerfer auf dem Dach eingeschaltet. Acht

Polizeibeamte hielten die Menschenmenge in Schach. Ein junger Mann wurde von den Beamten abgeführt, ein weiterer vom Notarzt, der gerade dazugekommen war, erstversorgt. Dank des hellen Scheinwerfers konnte Marion auf die Entfernung von gut und gern dreißig Metern mühelos erkennen, wie schrecklich der eine den anderen zugerichtet hatte. Sein ganzes Gesicht war blutverschmiert und die Kleidung zerrissen.

Angewidert wandte Marion sich ab. *Das ist doch schon fast wie bei Fred und mir. Nein, das sehe ich mir nicht an, von solchen Szenen habe ich entschieden genug bis an mein Lebensende. Nie wieder so was. Ich bin froh, dass dieses Kapitel ein für alle Mal der Vergangenheit angehört.*

Sie legte sich wieder ins Bett, aber es wurde fast drei Uhr, bis sie erschöpft einschlief.

Während Marion am Morgen noch selig schlummerte, saß Jessica bereits im Bus, der sie zum Bahnhof nach Hergatz bringen sollte. Dieses Mal würde sie aber mit der Bahn nach Lindau fahren, denn der Reiseführer versprach von einer an einem steilen Hang gelegenen Bahnstrecke aus einen herrlich weiten Ausblick über den See. Da sie lieber zu vorsichtig war als zu unbesorgt, hatte Jessica den früheren Bus genommen. So blieb ihr eine halbe Stunde mehr Zeit zum Umsteigen, dafür musste sie aber eine gute Stunde früher los als Marion, die das Auto nahm.

Dennoch hätte Marion dank der nächtlichen Ruhestörung beinahe noch verschlafen. Gerade als Jessica im

Bus durch die drei Kilometer vor Hergatz liegende Gemeinde Opfenbach fuhr, erwachte sie. Mit einem Blick zum Wecker erkannte sie, dass sie schon sehr spät dran war, und sie entschied sich, auf das Frühstück im Hotel zu verzichten und es auf den Katamaran zu verlegen. Dann hätte sie jetzt noch zehn Minuten mehr Zeit zum Duschen und Zurechtmachen. Trotz aller Eile legte Marion sehr viel Wert auf ein gepflegtes Äußeres.

Etwa um die gleiche Zeit, als Jessicas Zug sich in Richtung Lindau in Bewegung setzte, trabte Marion die Treppe zum Speisesaal hinunter, erklärte den verblüfften Wirtsleuten, warum sie an diesem Morgen nicht frühstücken werde, ging zum Parkplatz und setzte sich in ihr Auto.

Sie startete den kräftigen Sechszylinder-Motor, fuhr mit einem kühnen Schwung rückwärts auf die Straße hinaus und der großen Ampelanlage in der Stadtmitte entgegen. Zum Glück dachte sie erst jetzt daran, was sie in Lindau erwartete. Der große Parkplatz hinter dem Bahnhof war zwar gut gelegen und preiswert, aber der eiserne Steg mit den ausgelatschten Holztreppen, der den Parkplatz mit dem übrigen Stadtgebiet verband und über die Gleise führte, war so gar nicht nach ihrem Geschmack. Voller Grausen dachte sie an das Bauwerk, das hoffentlich nicht so wacklig war, wie es aussah, und dass sie dort hinaufsteigen musste. So gern sie auch von oben irgendwo hinunterschaute, der Aufstieg – oder auch die Fahrt mit einer Bergbahn zu einem Gipfel hinauf – war für sie, die sich sonst vor kaum etwas fürchtete, der reinste Horror.

Schnell schüttelte sie den Gedanken daran ab, trat das Gaspedal schon vor dem Ortsschild kräftig durch und rauschte Richtung Scheidegg. Am Eingang des kleinen Ortes gab es einen Kreisverkehr, wo man in Richtung Lindau abbiegen musste – und genau hier, wo die Geschwindigkeit auf siebzig limitiert war, passierte es. Es blitzte kurz auf, und Marion Brandt war um ein Passfoto reicher. Zum Glück war sie nicht allzu schnell unterwegs gewesen, sodass ihr aller Wahrscheinlichkeit nach weitere Punkte in Flensburg erspart bleiben würden. Ihrer unbeschwerten Art entsprechend, dachte sie nicht lange darüber nach und schlängelte sich die sieben Serpentinen hinunter in Richtung Lindau. Von da an dauerte es keine fünfzehn Minuten mehr, bis sie den großen Parkplatz erreichte.

Unterdessen hatte auch Jessica den Bahnhof von Lindau verlassen. In der Bahnhofsbuchhandlung hatte sie sich drei Zeitungen gekauft. Im letzten Moment war es ihr noch eingefallen, dass sie den noch viel größeren Packen, den sie bereits in den Händen gehalten hatte, stundenlang über die Blumeninsel hätte tragen müssen, deshalb hatte sie sich zurückgehalten. Nun schlenderte sie gemütlich zum Schiffsanleger mit der Nummer sechs unterhalb des Mangturmes hinüber. Hier hatte der Katamaran, der vor einer halben Stunde nach Bregenz ausgelaufen war und in gut zehn Minuten zurückerwartet wurde, seinen Liegeplatz.

Wäre Jessica nicht so sehr mit sich selbst beschäftigt gewesen und hätte sie zum neuen Rathaus hinter dem

Busbahnhof gesehen, hätte sie wahrscheinlich der Schlag getroffen.

Von dort kam mit riesigen Schritten und noch immer wackligen Knien Marion Brandt gelaufen. Aber noch sahen sich die beiden Frauen nicht. Erst als Jessica bereits im geräumigen und bequemen Fahrgastraum des Katamarans saß, der inzwischen am Steg festgemacht hatte, betrat Marion Brandt als eine der letzten das Schiff, und gerade als der Steward die Gangway einklappte, erblickte Jessica ihre Nervensäge.

Hoffentlich setzt sie sich nicht neben mich, dachte Jessica schnell und sah sich verstohlen nach Alternativen um.

Marion Brandt aber steuerte zielsicher ihren Tisch an, der als einziger Sechsertisch mit nur einer Person besetzt war.

»Darf ich mich zu Ihnen setzen?«

Jessica sah sie zuerst verständnislos an, dann hüstelte sie etwas, während sie dachte: *Wenn es denn unbedingt sein muss*, sagte dann aber, wenn auch stockend: »Wenn, äh, ja, klar, meinetwegen, gern …«

»Ich weiß«, setzte Marion rasch hinzu, »ich bin Ihnen nicht sonderlich sympathisch, was nach unseren bisherigen Begegnungen auch nicht gerade verwunderlich ist.«

»Nun ja, äh«, meinte Jessica unsicher und überrascht, da sie sich etwas in die Ecke gedrängt fühlte. »Ganz so ist es auch wieder nicht. Aber in Lindau war ich schon etwas verärgert, dass Sie mir mein neues Kleid ruiniert haben.«

Am liebsten hätte Jessica noch hinzugesetzt: Aber das verstehen Sie als vermögende Frau, die sich locker zehn neue Kleider kaufen kann, wohl nicht. Sie ließ es aber sein, da sie absolut keine Lust auf das sich bereits anbahnende Gespräch hatte.

Da überraschte Marion sie zum zweiten Mal.

»Ich verstehe Sie gut und kann mich nur nochmals bei Ihnen entschuldigen. Es war wirklich dumm von mir, manchmal bin ich total ungeschickt.«

»Ist schon okay«, antwortete Jessica. »Aber seien Sie mir nicht böse, ich habe keine große Lust, mich zu unterhalten. Ich möchte mir die Landschaft ansehen, denn es ist meine erste Schifffahrt auf dem Bodensee.«

»Klar doch, meine übrigens auch«, stimmte Marion zu. »Außerdem, wenn wir auf der Mainau unterschiedliche Wege gehen, kommen wir uns bestimmt nicht ins Gehege.«

Mit diesen Worten hatte Marion Jessica vollends verblüfft, die sich aber nichts anmerken ließ und während der Überfahrt außer einigen wenigen Worten über die Schönheit der Landschaft kaum noch etwas sagte.

Marion bestellte sich unterdessen ein Sandwich und einen Kaffee, da ihr Magen immer lauter knurrte. Eigentlich wollte sie sich auch noch einen Prosecco kommen lassen, aber als sie sah, dass Jessica sich die ganze Fahrt über an einem Glas Wasser festhielt, ließ sie es sein. Sie erkannte ganz richtig, dass Jessica sparen musste, und so wollte sie die jüngere Frau nicht in Verlegenheit bringen.

Eine knappe Stunde später legte das Schiff auf der Mainau an. Marion hielt ihr Versprechen und entfernte sich tatsächlich in der Jessica entgegengesetzten Richtung.

Jessica war viel zu sehr mit der Schönheit der Blumeninsel beschäftigt – aber auch damit, wie vorbehaltlos sie sich an dieser Schönheit erfreuen konnte –, als dass sie es wirklich registrierte. Sie war als Zwölfjährige vor mehr als zwanzig Jahren schon einmal mit ihren Eltern hier gewesen, seitdem hatte sich unheimlich viel verändert. Da blieb kaum Zeit, sich in Gedanken mit der Herfahrt, Marion oder gar dem Wetter zu beschäftigen. Außerdem hatte sie sich vorgenommen, den Ausflug richtig zu genießen und wenigstens an diesem Tag alle trübseligen Gedanken zu verbannen, die ihr jede Freude nahmen.

Damals hatten sie in Meersburg im Hotel Bären in der Oberstadt gewohnt. Es war wirklich schade, dass sie kein Auto zur Verfügung hatte, denn so wusste sie nicht, ob sie es in diesem Urlaub noch schaffen würde, einen Ausflug dorthin zu machen. Aber im Moment war ihr das ziemlich egal. Die vielen wunderschönen Blumenarrangements, die Wasserkaskaden, der Streichelzoo für Kinder oder das Schmetterlingshaus mit seinen vielen bunten Faltern und den tropischen Pflanzen faszinierten sie so sehr, dass ihr großer Hunger ihr erst auffiel, als ihr Magen schon bedenklich zu knurren begann.

Jessica ging in das Selbstbedienungsrestaurant, das es vor dreiundzwanzig Jahren ganz bestimmt noch nicht gegeben hatte. Dort holte sie sich einen riesigen Salatteller und eine Cola und setzte sich an den letzten noch freien Tisch, der unter einem Sonnenschirm stand. Hätte sie zu diesem Zeitpunkt den Himmel eines Blicks gewürdigt, wäre sie vermutlich nicht in den weitläufigen Park gegangen, der sich hinter dem Schloss oben auf dem Hügel der Insel befand. Am Horizont begannen sich dunkle Wolkenberge aufzutürmen, die eines der berüchtigten Bodenseegewitter ankündigten. Sie kamen schnell, waren heftig und verschwanden wieder, als wären sie nie da gewesen. Aber wer weiß, vielleicht wäre sie trotzdem hinaufgestiegen, da sie die Geschichten und Anekdoten, die in den Anrainergemeinden dazu erzählt wurden, nicht kannte.

Marion erging es nicht anders. Sie hatte den unteren Teil der Insel durchstreift und stieg nun in den oberen Teil hinauf, wo es einen Park mit vielen hochstämmigen Bäumen sowie das Palmenhaus gab. Vielleicht war das der schönste Teil der Insel, denn hier oben war es zumindest nicht ganz so überlaufen wie unten, wo sich auch die Attraktionen für Kinder drängten. Im parkartigen Teil konnte man sich an nicht so überlaufenen Tagen fast schon allein fühlen.

Genau das war es, was Jessica wie Marion zum Ausklang eines schönen Tages inmitten von Blumen- und Ziergewächsen suchten.

Tatsächlich war es an diesem Tag hier oben etwas ruhiger, was aber bestimmt auch damit zusammenhing, dass viele Besucher bereits die dunklen Wolkenberge bemerkt hatten, die immer schneller aus den Schweizer Alpen herangezogen kamen. Selbst Marion hatte, wenn auch etwas spät, bemerkt, was sich da über ihren Köpfen zusammenbraute. Nur Jessica, die sonst so besonnene junge Frau, hatte inmitten dieser Farbenpracht alles um sich herum vergessen.

Sie schlenderte nun in den ruhigen parkartigen Teil der Insel hinein und ließ sich auf einer Parkbank direkt unter einer riesigen alten Eiche nieder. In diesem Augenblick fielen die ersten Regentropfen. Noch immer verkannte sie die Situation und dachte: *Ich werde hier sitzen bleiben und warten, bis der Regen vorbei ist. Es bleibt dann immer noch genügend Zeit, um bis zur Abfahrt des Schiffes an den Anleger zu kommen. Und vor allem zu dem Andenkenladen.*

Aber auch Marion hatte noch einen weiten Weg, um aus dem Park wieder herauszukommen. Sie wollte versuchen, noch halbwegs trockenen Fußes das Restaurant unterhalb des Schlosses nahe beim Schiffsanleger zu erreichen. Zu diesem Zweck hielt sie sich ein Stück Pappe, das sie durch Zufall noch in ihrer übergroßen Schultertasche hatte, über den Kopf und rannte fast die Allee entlang, die erst zum offenen Teil der Anlage und dahinter zur Treppe nach unten führte.

Der erste Blitz zuckte vom Himmel, und ein gewaltiger Donnerschlag grollte gleich hinterdrein. In dem Augenblick sah sie Jessica. Die Arme hatte wohl Angst vor solchen Gewittern und hielt sich zitternd an ihrer Parkbank fest. Marion war klar, dass unter dem riesigen Baum, der zu den höchsten der Insel zählen musste, bei einem solchen Gewitter ganz gewiss nicht der richtige Aufenthaltsort war. Sie verlangsamte ihre Schritte und blieb für einen kurzen Moment ganz stehen.

Nun zuckten gleich drei Blitze vom Himmel, die Donnerschläge folgten im Sekundentakt, und ein heftiger

Sturm erfasste die gesamte Parkanlage. Inzwischen waren weit und breit auch keine anderen Leute mehr zu sehen.

Große und kleinere Äste wurden aufgewirbelt, und selbst die großen Bäume bogen sich im Wind. Da war für Marion klar, was sie zu tun hatte. Sie warf ihre Pappe beiseite, die sowieso nicht allzu viel vom Regen abhielt, rannte zu Jessica und zog die völlig verängstigt dreinblickende und wie gelähmte Frau mit sich von der Parkbank fort.

Keine Sekunde zu früh, denn ein weiterer Blitz zuckte vom Himmel, und mit dem nächsten Donnerschlag sauste ein armdicker Ast von oben herab. Ob ihn der Blitz oder der Sturm abgetrennt hatte, konnte Marion auf die Schnelle nicht erkennen, fest stand aber, dass der Ast genau an der Stelle die Rückenlehne der Parkbank zertrümmerte, an der Jessica nur fünf Sekunden vorher noch gesessen hatte.

So verängstigt Jessica vom Gewitter war, und wahrscheinlich auch erschrocken über die unerwartete Rettungsaktion, so erkannte sie dennoch fast augenblicklich, dass es ausgerechnet ihre Nervensäge war, die ihr gerade wahrscheinlich das Leben gerettet hatte. Aber sie war kaum fähig, etwas zu sagen, geschweige denn selbst zu gehen, so sehr zitterte sie am ganzen Körper. Deshalb nahm Marion sie zur Seite, hakte sich bei ihr unter und führte sie auf schnellstem Weg von dort fort.

7.

Aussprache

Marion führte Jessica, die sich noch immer willenlos führen ließ, in das Café-Restaurant nahe dem Ausgang am Schiffsanleger, in das sie selbst hatte gehen wollen. Da die beiden ziemlich derangiert aussahen, verschwanden sie erst einmal in der Damentoilette, um sich einigermaßen salonfähig zu machen. Inzwischen hatte das Gewitter stark nachgelassen, der Donner grollte nur noch von Ferne, und auch Jessica war wieder zunehmend in der Lage, für sich selbst zu sorgen.

Während sie sich die nassen Haare kämmte, erfasste sie eine tiefe Welle der Dankbarkeit ihrer Lebensretterin gegenüber, und sie nahm sich vor, ihr ein Friedensangebot zu machen. Sie wollte die Frau zu einem Glas Wein einladen – auch wenn es ihr Budget deutlich belastete, aber das war sie ihr einfach schuldig. Wer weiß, vielleicht verstanden sie sich besser, als Jessica es erwartete.

Mit diesem Vorsatz trat sie wieder in die Gaststube und sah, dass die andere wohl den gleichen Gedanken gehabt hatte. Sie saß an einem Tisch ganz in der Nähe, und es standen zwei gefüllte Weingläser vor ihr.

»Kommen Sie, setzen Sie sich doch zu mir. Wir haben noch gut und gern anderthalb Stunden Zeit bis zur Rückfahrt. Ich denke mal, Sie nehmen doch auch den nächsten Katamaran, oder?«

»Ja«, sagte Jessica zögernd und ließ sich am Tisch ihrer bisherigen Feindin nieder.

»Außerdem finde ich, dass wir uns nach einem solchen Ereignis auch duzen können. Zumal wir schätzungsweise auch ungefähr gleich alt sind. Oder?«

»Ja, gut«, sagte Jessica ziemlich überrascht, der das alles ein bisschen schnell ging. Da sie aber immer noch sehr stark unter dem Eindruck des gerade Geschehenen stand, stimmte sie zu und stellte sich vor: »Ich heiße Jessica Lenz.«

»Und ich Marion Brandt.«

»Okay, Marion, ich wollte mich noch mal bei Ihnen ... äh, dir bedanken, was Sie ... ich meine, du, für mich getan hast. Der Ast hätte mich sonst wahrscheinlich erschlagen.«

»Ach was, das hätte jeder andere auch getan.«

»Da bin ich mir nicht so sicher. Die meisten Leute interessieren sich in einer solchen Situation nicht für ihre Mitmenschen und wollen nur ihre eigene Haut retten. Außerdem haben Sie sich ... oh, Entschuldigung, hast du dir dein schönes elegantes Kostüm zerrissen.«

Dabei zeigte Jessica auf die teilweise heruntergerissene Seitentasche von Marions elegantem lachsfarbenem Kostüm.

»O Scheiße«, fluchte sie gar nicht damenhaft und fasste an die zerrissene Stelle. Sie hatte das Kostüm erst einige Wochen zuvor gekauft.

»Da wird dein Mann aber schimpfen, oder?«

»Wird er nicht.«

»Ach, ist er so verständnisvoll?«

»Muss er nicht, denn ich bin nicht verheiratet, nicht mehr.«

»Ach so, du bist geschieden.«

»Ja. Aber sprechen wir doch besser von was anderem, denn es ist alles andere als eine schöne Geschichte.«

Im ersten Moment wollte Jessica nachfragen, was passiert war, schluckte es aber schnell hinunter, da sie es für zu taktlos hielt. Außerdem hatte sie eine vorgefasste Meinung von Marion, und bevor die am Ende ins Wanken geriet … schließlich hatte sie Marion für eine verwöhnte Millionärsgattin gehalten, die durch die Lande reiste, während ihr Mann zu Hause die Brötchen verdiente. Nun ja, vielleicht hatte sie sich scheiden lassen und zockte den Armen nun erst richtig ab.

»Ich bin verwitwet«, sagte Jessica stattdessen schnell, und Marion bestätigte: »Das habe ich gehört. Die Wirtin im Löwen am Markt hat mir ganz schön den Kopf gewaschen, als ich mich zu dir an den Tisch setzen wollte.«

Nun war Jessica verblüfft und zugleich, wie man ihr deutlich ansah, auch etwas verärgert, dass die Wirtin aus dem Nähkästchen geplaudert hatte.

»Ich sehe, dir ist das gar nicht recht, dass jemand Bescheid weiß«, sagte Marion unerwartet verständnisvoll. »Wäre es mir an deiner Stelle auch nicht. Übrigens, dein Glas ist leer. Trinken wir noch einen?«

»Das kann ich mir nicht leisten«, sagte Jessica, und dann rutschte ihr etwas heraus, wofür sie sich augenblicklich hätte auf die Zunge beißen können. »Nicht jeder hat einen reichen Exmann im Hintergrund. Ich habe mein Geld schon fast vollständig aufgebraucht.«

»Ach, daher pfeift der Wind«, erklärte Marion zuerst etwas eingeschnappt. *Nur weil du über den Tod deines Mannes nicht hinwegkommst, erklärst du alle anderen Leute zu unsympathischen Personen.* Zum Glück schluckte sie diesen Satz hinunter.

Stattdessen sagte sie: »Dann ist es wohl an der Zeit, dass ich dieses Missverständnis aufkläre. Ich bin keineswegs die geldgeile Exfrau, die ihren Mann nach der Scheidung so richtig abzockt, wie du es vielleicht glaubst. Meine eigene Lebensgeschichte ist auch nicht ganz ohne. Glaub bitte nicht, dass nur du Schreckliches hinter dir hast.«

Jessica, die mit solch einem Ausbruch nicht gerechnet hatte, starrte ihr Gegenüber an und stammelte: »E… Entschuldigung, ich wollte dich nicht beleidigen.«

»Schon gut«, meinte Marion. »Wenn du willst, kann ich dir kurz erzählen …«

»Gerne.«

»Aber vorher wüsste ich doch gern, wie du auf das schiefe Brett mit der Millionärsgattin kommst.«

»Nun ja«, sagte Jessica langsam. »Das schicke Auto und die elegante Kleidung, überhaupt dein ganzes Auftreten.«

»So wirke ich also, das war mir gar nicht bewusst. Vielleicht sollte ich mich dann doch mal ein bisschen umstellen. Nun zu meiner Lebensgeschichte.«

In der nächsten Viertelstunde fasste Marion ihr Leben zusammen: wie Dragomir sie betrogen und sie ihn rausgeworfen hatte, vom frühen Tod der Eltern, ihrer wüsten Zeit und schließlich ihrer zweiten Ehe mit Fred. Als Jessica erfuhr, dass der sie fast totgeschlagen, vergewaltigt und dann einfach liegengelassen hatte, schluckte sie heftig. Auch erklärte Marion ihr, dass sie nach diesem Erlebnis von Männern verständlicherweise genug hatte und sich stattdessen ganz auf ihren Beruf konzentrierte. Lediglich die Episode mit Edith ließ sie vorsichtshalber erst einmal aus.

Jessica hatte wirklich alles Mögliche erwartet; nur so etwas nicht. Plötzlich kam ihr das eigene Schicksal so klein und unbedeutend vor, dass sie verstummte und ihr nichts mehr einfiel.

»Was ist, hat es dir die Sprache verschlagen?«

»Allerdings. Dabei will ich dich noch so vieles fragen. Aber wenn ich auf die Uhr sehe …«

»Was, so spät ist es schon«, sagte nun auch Marion. »Ich mache dir einen Vorschlag. Der Katamaran fährt in einer halben Stunde, und ich wollte noch mal in den Andenkenladen.«

»Ich auch«, gestand Jessica schnell.

»Gut, ich bezahle rasch, dann machen wir gemeinsam unsere Runde im Andenkenladen, und auf dem Schiff reden wir weiter.«

»Gute Idee, aber ich bezahle selbst.«

»Kommt gar nicht infrage, du bist eingeladen.«

»Na gut … dann bedanke ich mich herzlich!«

Während Jessica gleich zwischen den Regalen des Geschäftes verschwand, überlegte Marion nicht lange und besah sich die Tafel mit den Abfahrzeiten der Schiffe. Dabei stellte sie fest, dass der Katamaran nach Lindau zwanzig Minuten später angekündigt war.

Nach dem Wetter, dachte Marion, *ist das auch nicht weiter verwunderlich. Dann haben wir noch etwas mehr Zeit zum Shoppen.*

Sie ging in den Laden, sagte Jessica Bescheid und begann nun ihrerseits zu stöbern. Es dauerte nicht mal allzu lange, bis die beiden den Laden mit ihren neuen Habseligkeiten verließen.

Während der Katamaran von der Blumeninsel ablegte, bestellten sie beide einen Kaffee, und es stellte sich heraus, dass beide Kaffee in allen seinen Varianten zu schätzen wussten. Schweigend betrachteten sie einen Moment lang sehnsüchtig die langsam am Horizont verschwindende Insel.

Dann fragte Marion: »Du bist noch nicht über den Tod deines Mannes hinweg, stimmt's?«

»Ja. Aber hier unten am Bodensee und im Allgäu merke ich zum ersten Mal, dass ich so langsam wieder Boden unter die Füße bekomme. Meine Therapeutin hatte also doch recht.«

»Inwiefern?«

»Sie hat mir den Urlaub quasi verordnet. Ich bräuchte dringend eine Luftveränderung, meinte sie. Sonst würde ich es nie schaffen.«

»Wie lange ist dein Mann schon tot?«

»Heute auf den Tag genau neunundzwanzig Monate.«

»So lange schon?«

»Ja.«

Dann sprudelte alles aus Jessica heraus. In der nächsten halben Stunde erzählte sie Marion ihre ganze Geschichte. Sie begann mit Dominiks Tod und ihrer Fehlgeburt. Dabei ließ sie auch den Selbstmordversuch nicht aus und ihren völligen Zusammenbruch; wie sie erst alle Freunde und den Arbeitsplatz und dann auch noch die Wohnung verloren hatte. Schließlich endete sie damit, dass sie jetzt wieder bei den Eltern wohnte und nach wie vor in psychiatrischer Behandlung war.

Marion war von Jessicas Liebe zu Dominik tief beeindruckt und sagte ihr das auch.

Jessica, die nun lieber wieder von etwas anderem reden wollte, fragte stattdessen: »Du hast vorhin gesagt, du hast nur noch für deinen Beruf gelebt. Darf man fragen, was du machst? Wahrscheinlich machst du bestimmt was mit Computern im Büro.«

»Da würde ich glatt verhungern«, rutschte es Marion heraus. »Ich habe einen ganz altmodischen Beruf, ich bin Floristin. Außerdem habe ich zwei Blumenläden. Was hast du denn vor deinem äh … Absturz gemacht?«

»Du wirst es nicht glauben – aber ich bin auch Floristin! Ich war aber angestellt, in einem Blumenladen in Rüsselsheim. Da habe ich mit Dominik auch gewohnt, jetzt lebe ich wieder in einem Ortsteil von Groß-Gerau.«

»Das habe ich schon gehört. Wo liegt das genau?«

»In der Nähe von Darmstadt. Höchstens zehn Kilometer in nordwestlicher Richtung.«

»Das ist doch sonderbar. Da wohnen wir nicht mal fünfzig Kilometer voneinander entfernt. Ich komme aus Weinheim und dort habe ich auch meinen Blumenladen. Das heißt, eigentlich komme ich aus Viernheim.«

»Das hätte ich jetzt nicht gedacht.«

»Wieso nicht?«

»Weil man, wenn man genau hinhört, an deiner Aussprache einen ganz leichten rheinischen Dialekt heraushören kann.«

»Donnerwetter, du hast das bemerkt? Dabei lebe ich schon seit meinem zehnten Lebensjahr in Viernheim. Wir sind aus Düsseldorf hierhergezogen, als mein Vater Arbeit bei BASF in Ludwigshafen bekam.«

»Ach so, aber lach jetzt bitte nicht, denn deinen jetzigen Wohnort kenne ich sehr gut, da Dominik aus Bensheim kam. Wenn wir seine Eltern besuchten, sind wir des Öfteren in Weinheim in der Altstadt essen gegangen. In der Hauptstraße, dort, wo die Fußgängerzone ist, gab es einen sehr guten Griechen.«

»Den gibt es heute noch, ab und zu gehe ich auch dahin. Ich habe eine Angestellte, mit der ich mich sehr gut verstehe, sodass wir auch mal in der Mittagspause dort sind. Aber wenn du das Lokal kennst, musst du doch schon über meinen Blumenladen gefallen sein. Er ist schräg gegenüber.«

»Wahrscheinlich im wahrsten Sinne des Wortes«, sagte Jessica grinsend und merkte zu ihrem eigenen Erstaunen, dass sie im Umgangston so locker wurde, wie sie es selbst zu Dominiks Lebzeiten nicht immer gewesen war. Allerdings fiel ihr bei so vielen neuen Eindrücken erst mit einiger Verspätung auf, dass sie schon so viel von Dominik und der Zeit mit ihm gesprochen hatte, ohne traurig zu werden.

Der Katamaran nahm Kurs auf die Hafeneinfahrt von Lindau, und einige Minuten später legte das Schiff an.

Die Frauen stiegen aus, und Jessica wollte sich gerade verabschieden, da fragte Marion plötzlich: »Wie bist du denn eigentlich hierhergekommen?«

»Mit dem Zug, die Straßenbahn habe ich nicht gefunden.«

»Das ist gut«, japste Marion vor Verblüffung und sah Jessica an. »Soll ich dich nach Lindenberg mitnehmen? Mein Auto steht drüben auf dem Parkplatz.«

»Das ist nicht nötig«, sagte Jessica bescheiden.

»Aber bequemer! Zumindest dann, wenn man erst mal das Ungetüm von Fußgängersteg überwunden hat.«

»Okay, ich fahre mit. Wenn ich jetzt noch zwanzig Minuten auf den Zug warte und von Hergatz den Bus nehme, bin ich vor neun nicht zurück. Willst du heute Abend mit mir im Hotel essen? Ich werde dich bestimmt nicht noch mal von meinem Tisch vertreiben.«

»Wie schön«, entfuhr es Marion spontan, und dabei hätte sie sich fast auf die Zunge gebissen. »Das mache ich gerne, ich habe nämlich jetzt schon Hunger.«

»Meinst du, ich nicht?«

Als sie bei der kleinen Fußgängerbrücke über die Bahngleise mit den ausgelatschten Stufen ankamen, war es plötzlich mit Marions Lockerheit vorbei. Sie hielt sich mit beiden Händen am Geländer fest, blickte starr nach oben und schlich ganz langsam Stufe für Stufe hinauf. *Nanu*, dachte Jessica. *Sollte diese Marion tatsächlich einen Schwachpunkt haben?* Nun konnte sie sich wenigstens ein kleines bisschen für die Rettung revanchieren – sie ergriff einfach ihre Hand und führte sie hinauf.

Oben angekommen meinte Marion, mit Schweiß auf

der Stirn und zitternden Knien: »Danke, Jessica, jetzt geht es mir wieder etwas besser. Wenn ich oben bin, geht es erst mal. Nur runter wird's wieder heftig. Bei mir war das schon immer so. Bei schmalen, wacklig aussehenden Stegen oder auch Bergbahnen bin ich nicht mehr ich selbst.«

»Es ist doch selbstverständlich, dass ich dir helfe, bis wir auf der anderen Seite angekommen sind.«

Erst als Marion am unteren Ende der Treppe angekommen war, atmete sie tief durch, und es wurde ihr wieder wohler zumute. Wenige Minuten später saßen die beiden Frauen in Marions Auto und fuhren in Richtung Lindenberg.

8.

Der Ausflug

Am nächsten Morgen war Jessica hundemüde, denn sie hatte mit Marion bis spät in die Nacht im Lokal gesessen und gequatscht. Erst als die Wirtin endlich absperren wollte, hatten sie notgedrungen den Abend beendet. Sie hatten in diesen Stunden so viele Gemeinsamkeiten entdeckt, dass es ihnen schon fast selbstverständlich schien, sich für den nächsten Tag zu einem gemeinsamen Ausflug zu verabreden.

Marion wollte sie um halb zehn mit dem Auto abholen. Jessica freute sich sehr auf diesen Tag. Seit sich nach ihrem Absturz sämtliche Freunde von ihr abgewandt hatten, hatte sie sich nicht mehr so wohlgefühlt und gut unterhalten wie mit Marion. Zu lachen, wie sie es am Vorabend gleich mehrfach getan hatte, hatte sie in den letzten zweieinhalb Jahren ohnehin nichts gehabt. Dabei war es am Abend beinahe noch zu einem Eklat gekommen. Jessica musste grinsen, als sie daran zurückdachte.

Da vor dem Hotel Zum Löwen am Markt kein Parkplatz mehr frei gewesen war, hatten sie das Auto etwas weiter entfernt abgestellt und Marion hatte Jessica darum gebeten, vorauszugehen, um einen der wenigen Tische in der Gaststube zu besetzen. Jessica hatte dann allerdings nur einen kleinen Vorsprung vor ihrer Begleiterin, und so hatte Marion nur wenige Augenblicke nach Jessica den Gastraum betreten.

Als die Wirtin das mitbekommen hatte, war sie wie eine Furie auf sie zugeschossen, hatte sich vor Marion aufgebaut und sie angeraunzt: »Müssen Sie die junge Frau derart verfolgen? Sind Sie Reporterin und wittern eine Story? Hier gibt's nichts zu erfahren, und nun machen Sie …«

An dieser Stelle hatte sich Jessica genötigt gesehen, schnell einzugreifen und den Irrtum aufzuklären.

»Schon gut, Frau Stadler. Frau Brandt ist keine Reporterin. Wir haben uns heute zufällig auf der Insel Mainau getroffen und sind ins Gespräch gekommen. Das würden wir nun gern bei einem guten Essen und einem Gläschen Wein fortsetzen. Was können Sie uns denn heute empfehlen?«

Die arme Frau Stadler. Da hatte sie sich wohl etwas zu weit aus dem Fenster gelehnt, und ihr Auftritt war ihr ziemlich peinlich gewesen.

»Ent… Entschuldigung«, hatte sie gestammelt und war mit hochrotem Kopf schnell weitergegangen.

Kurz darauf hatte sie den beiden die Speisekarte gebracht. Marion hatte sich für das Cordon bleu entschieden und Jessica die Käsespätzle gewählt, obwohl auch sie gern ein Fleischgericht gegessen hätte. Aber sie hatte für die letzten fünf Urlaubstage nur noch knapp dreihundert Euro zur Verfügung, mit denen sie auskommen musste.

Jessica sah auf die Uhr – es war fast neun, Zeit, sich fertig zu machen. Sie war gespannt, was Marion sich für diesen Tag hatte einfallen lassen.

Als Jessica sie am Vorabend danach gefragt hatte, hatte Marion lachend erklärt: »Immer der Nase nach. Lass dich mal überraschen, und ich würde dir raten, entweder nur eine Kleinigkeit zu frühstücken oder gar nicht. Denn ich gehe wahnsinnig gern ins Café.«

Da hatte Jessica zum wiederholten Mal gestaunt, wie viele Gemeinsamkeiten sie doch hatten. Nur eines hatte sie später, als sie im Bett lag und den Abend Revue passieren ließ, ziemlich bedrückt, ihr ein schlechtes Gewissen bereitet und sie lange nicht schlafen lassen. Sie hatte den ganzen Abend über immer wieder von Dominik gesprochen und auch an ihn gedacht, aber die tiefe Traurigkeit, die sie in den letzten beiden Jahren eigentlich jedes Mal empfunden hatte, wenn sie an ihn dachte, hatte sich nicht eine Sekunde lang einstellen wollen.

Auch an diesem Morgen empfand sie zu ihrer eigenen Verwunderung nichts als Vorfreude auf den bevorstehenden Ausflug – die Trauer, mit der sie in der ersten Woche hier noch jeden Tag aufgewacht war, schien wirklich langsam der Vergangenheit anzugehören.

Die tiefe Sympathie, die sie für Marion empfand, ängstigte sie fast ein bisschen, obwohl oder gerade, weil sie sich vierundzwanzig Stunden zuvor noch nicht hatten riechen können. *Vielleicht will es das Schicksal ja so,* sagte sie sich, *dass ich mithilfe meiner neu gewonnenen Freundin den Neuanfang endlich hinbekomme und es aufwärtsgeht.*

Mit dieser positiven Erkenntnis hatte sie es endlich bis in den Speisesaal geschafft. Ihr Kaffee stand schon auf dem Tisch. Frau Stadler streckte den Kopf zur Tür herein und meinte: »Guten Morgen, Frau Lenz. Ich habe mir erlaubt, schon mal Kaffee zu kochen und hoffe, Sie haben für Ihren Ausflug schönes Wetter. Laut der Vorhersage soll es wieder sehr warm werden, aber leider nicht ganz trocken. Morgen soll's wieder schöner werden. Wollen Sie heute Rühreier?«

»Nein, danke. Gestern Abend ist es, wie Sie wissen, sehr spät geworden, und heute früh bin ich kaum aus dem Bett gekommen. Deshalb bin ich so spät dran. Außerdem müsste Frau Brandt jeden Moment da sein und mich abholen.«

Jessica hatte den Satz noch nicht beendet, da stand Marion bereits in der Tür.

»Setz dich doch einen Augenblick zu mir, ich bin gleich fertig.«

»Darf ich Ihnen einen Kaffee bringen?«, sagte Frau Stadler kurzentschlossen, »so quasi als Wiedergutmachung für gestern Abend? Ich bin doch wohl etwas zu weit gegangen und entschuldige mich noch mal nachträglich.«

»Das brauchen Sie doch nicht, ist schon in Ordnung. An Ihrer Stelle hätte ich wahrscheinlich genauso reagiert. Aber den Kaffee nehme ich gerne.«

Während die Wirtin in die Küche verschwand, aß Jessica so eilig weiter, dass Marion sich genötigt sah zu sagen: »Lass dir nur Zeit. Wenn wir eine halbe Stunde später fahren, ist es auch in Ordnung. Nur würde ich an deiner Stelle nicht zu viel essen, denn unterwegs gibt es bestimmt noch genügend Kleinigkeiten.«

»Marion, du weißt doch, dass ich ziemlich knapp bei Kasse bin«, sagte Jessica mit einem leichten Vorwurf in der Stimme, »deshalb hab ich schon mal vorgebaut, damit ich unterwegs nicht zu viel kaufen brauche.«

»Dann gebe ich dir was aus.«

»Nein, das möchte ich nur im Ausnahmefall. Sonst hätte ich das Gefühl, deine Großzügigkeit auszunutzen, und du würdest es vielleicht auch so sehen.«

Angenehm überrascht beschloss Marion tief in ihrem Inneren bereits jetzt, Jessica gegenüber besonders großzügig zu sein, denn ihre Haltung imponierte ihr.

»Ich gehe noch mal zur Toilette, dann können wir los«, sagte Jessica.

Marion ging inzwischen zum Auto, und schon wenig später ließ Jessica sich neben ihr in den Sitz fallen.

»Wohin geht es denn jetzt?«, fragte sie neugierig, während sie sich zurücklehnte und anschnallte.

»Ich habe mir gedacht, wir fahren erst mal in Richtung Füssen, schlendern ein bisschen durch die Altstadt und sehen dann, ob wir bis zu den Königsschlössern durchdringen. Um die Jahreszeit soll es dort ziemlich voll sein. Was hältst du davon?«

»Finde ich im Prinzip gut, aber wenn zu viel Gedränge ist, sehen wir uns die Schlösser lieber nur von Weitem an. Ich brauche das nicht unbedingt, dass ich inmitten von Tausenden Touristen hinter einem Fremdenführer hertrabe. Dominik war da ganz anders, ihm hatte das nicht das Geringste ausgemacht. Manchmal hatte ich sogar den Eindruck, als hätte er das Gewühl extra gesucht.«

»So?«, fragte Marion nur, während sie ihren schnellen Wagen aus Lindenberg heraussteuerte und Kurs auf Isny nahm.

114

Ihr ging es ähnlich wie Jessica, wenn der Trubel zu groß wurde, hielt sie lieber Abstand.

»Welche Strecke fahren wir denn?«

»Hinter Isny kommen wir auf eine gut ausgebaute Bundesstraße, die uns auf der A7 bis Nesselwang führt. Dann fahren wir über Seeg und Roßhaupten zum Forggensee und an ihm entlang nach Füssen. Willst du mal fahren?«

»Nein«, wehrte Jessica entschieden ab. »Seit ich schwanger wurde, also seit fast drei Jahren, habe ich keine Fahrpraxis mehr.«

»Du willst es aber wieder.«

»Unbedingt! Aber nur mit einem eigenen Auto. Dann regt sich auch niemand anders wegen der Beulen auf.«

»Ach, ich sehe das nicht so eng. Ein Auto ist ein Gebrauchsgegenstand.«

»Das sagst du bei solch einem rassigen Schlitten.«

»Klar, wenn du eine Waschmaschine kaufst, willst du doch nach Möglichkeiten auch die beste, oder?«

»Schon, aber …«

»Nur weil das Ding Auto heißt, ist das nicht viel anders. Lediglich die Kriterien, die zur Kaufentscheidung führen, sind noch einige mehr.«

»Das hat Dominik aber ganz anders gesehen. Ich bin nur ganz selten, und wenn es gar nicht anders ging, mit seinem Auto gefahren. Für ihn war es sein erklärtes Heiligtum, und man durfte es noch nicht mal anfassen, ohne dass er gleich ärgerlich guckte. Oftmals hat er die Fingerspuren sofort weggewischt.«

Darauf antwortete Marion vorsichtshalber erst mal

nichts, um nicht in irgendein Fettnäpfchen zu treten, die rund um den Namen Dominik in Massen aufgestellt waren.

Inzwischen hatten sie die Autobahn erreicht, und Marion trat das Gaspedal beherzt durch.

»Du scheinst aber genauso gerne schnell zu fahren, wie Dominik es tat.«

»Du nicht?«

»Doch, wenn ich ehrlich bin schon, aber genauso gern sitze ich auf dem Beifahrersitz.«

In den nächsten Minuten schwiegen beide, ließen sich vom Wind die Haare zerzausen und genossen es, wie die Landschaft an ihnen vorbeiflog.

Als sie die Autobahn verlassen hatten und kurz vor Füssen durch Rieden am Forggensee fuhren, erklärte Marion: »Hier bei Rieden gibt es übrigens zwei Badestrände und auch sonst mehrere Freibäder am See.«

»Ich würde zu gerne mal wieder schwimmen gehen. Schließlich war das immer meine Leidenschaft. Aber Dominik hatte regelrecht Panik vor dem Wasser. Deshalb sind wir auch nie ans Meer gefahren. Nur mit meinen Eltern und meinem Bruder war ich früher oft in Italien.«

»Zwischen meiner ersten und zweiten Ehe war ich einige Male allein in Griechenland, aber auch das ist schon Jahren her. Mir geht's da ähnlich wie dir, ich vermisse den Süden.«

Inzwischen waren sie auf dem großen Parkplatz am Rande der Innenstadt von Füssen angekommen und stiegen aus.

»Ach, ist das schön hier« war das Erste, was Jessica sagte.

»Ja, laut Reiseführer soll es das auch sein. Ich war auch noch nicht hier. Das ganze Allgäu kenne ich bislang nur vom Hörensagen. Meine älteste und beste Mitarbeiterin hat mich vor meiner Abfahrt gut instruiert. Sie ist gewissermaßen die Urheberin dieser Reise, von allein wäre ich im Traum nicht auf so was gekommen.«

»So?«, fragte Jessica und wollte gerne mehr hören, aber Marion kam sich selbst sehr geschwätzig vor. »Lass uns erst mal die Stadt unsicher machen. Außerdem würde ich zu gerne erst mal einen Kaffee trinken.«

»Keine schlechte Idee«, stimmte Jessica zu, hängte sich bei ihr ein und zog sie lachend mit sich.

Wenn ihre Eltern sie so fröhlich hätten sehen können, sie hätten wohl ihren Augen kaum getraut. Zum ersten Mal seit langer Zeit schien ihr das Leben wieder lebenswert. Diese Marion Brandt war ihr wider Erwarten so sympathisch, dass sie mit der Zeit zu einer wirklich guten Freundin werden könnte.

Im nächsten Augenblick sah Jessica einen Souvenirladen, und da gab es für sie kein Halten mehr. Marion folgte ihr auf dem Absatz, und zusammen durchstöberten sie ihn. Als sie wieder herauskamen, waren sie um einige Euro ärmer.

»Oje«, stöhnte Jessica, »jetzt muss ich mich aber wirklich zurückhalten. Außerdem wollte ich noch nach einem Geschenk für meine Nichte Ausschau halten, die übernächste Woche Geburtstag hat. Hier in Füssen gibt es doch bestimmt einen Schreibwarenladen.«

»Bestimmt«, sagte Marion, »aber das war ein gutes Stichwort von dir. Wann hast du eigentlich Geburtstag?«

»In vier Tagen, am vorletzten Urlaubstag. Und du?«

»Ich hatte am zwanzigsten August. Weißt du was? Betrachte diesen Ausflug einfach als meine nachträgliche Geburtstagsfeier, zu der du selbstverständlich eingeladen bist. So, und das nächste Café, über das wir stolpern, ist für uns gerade richtig.«

Was sollte Jessica bei so viel Energie noch sagen? Sie ergab sich in ihr Schicksal. Kaum saßen sie an einem gemütlichen runden Tisch in der Ecke, jede mit einer Tasse Kaffee vor sich, konnte Jessica ihre Neugier nicht mehr zurückhalten: »Wie war das mit deiner Mitarbeiterin, die quasi die Urheberin dieser Reise war?«

»Nun, ich hatte mich, wie ich dir erzählt habe, die letzten Jahre aufs Geschäft konzentriert und bin nicht einen Tag privat verreist. Mal zur Messe oder so, aber das ist doch was anderes. Uschi, so heißt meine Mitarbeiterin, hat immer gesagt, dass ich unbedingt ausspannen müsste, bevor ich noch zusammenbreche. Als ich darauf aber nicht reagierte, hat sie einfach über meinem Kopf hinweg zu meinem fünfundvierzigsten Geburtstag bei den anderen …«

»Wie bitte? Fünfundvierzig bist du schon? Das sieht man dir nicht an.«

»Danke für das Kompliment! Ja, ich finde auch, ich habe mich ganz gut gehalten.«

»Unbedingt, älter als vierzig hätte ich dich auf keinen Fall geschätzt. Ich werde am ersten fünfunddreißig – aber nun zurück zum Thema, was hat deine Uschi …?«

»Meine Uschi, wie sich das anhört. Uschi heißt in Wirklichkeit Ursula Klinger, ist inzwischen fast sechzig – oh, verdammt, gut, dass mir das jetzt auffällt, sie hat am achten Dezember Geburtstag, und mein Verstand sagt mir gerade, dass ich dafür auch mit der Sammelbüchse bei den Kollegen anklingeln sollte.«

»Gute Idee von dir, schenkt ihr doch einen Reisegutschein.«

»Nicht schlecht, Jessica. Sie und ihr Mann sind schon immer gerne verreist. Da muss ich wirklich mal darüber nachdenken. Aber nun weiter, Uschi ist also seit neunzehn Jahren, seit ich meinen ersten Laden eröffnete, bei mir. Diese Sammelaktion war ihre Idee, dabei hat sie selbst etwas mehr draufgelegt und einfach das Hotel gebucht. Wahrscheinlich wäre ich sonst nicht mal gefahren, denn auch ich habe unterwegs einige Male gedacht – was soll ich eigentlich im Allgäu? In den Urlaub fahren kann ich immer noch, wenn ich in Rente bin.«

»Das kann ich sehr gut nachvollziehen, mir ging es genauso. Als das Taxi mich zum Hauptbahnhof nach Darmstadt gebracht hat, hätte ich es lieber umdirigiert und wäre zurückgefahren. Aber das konnte ich meinen Eltern und meinem Bruder, die dafür zusammengelegt hatten, nicht antun. Außerdem hätte ich diesen Triumph meiner Schwägerin nicht gegönnt.«

»Du hast Geschwister!«, sagte Marion ganz überrascht und fügte wehmütig hinzu: »Das ist mir leider versagt geblieben, ich habe mir früher immer welche gewünscht. Als meine Eltern damals unerwartet innerhalb eines halben Jahres starben, stand ich plötzlich ganz alleine da.«

»Das muss verdammt schlimm sein.«

»Allerdings. Deshalb bin ich ja so froh, dass wir uns doch noch kennengelernt haben, obwohl es erst gar nicht danach aussah.«

»Mir geht es genauso«, gestand Jessica.

»Wir sind uns aber auch ganz schön ähnlich«, fügte Marion grinsend hinzu. »Das hätte ich bei unserer ersten Begegnung nicht geglaubt.«

»Ich auch nicht.«

»Jetzt sollten wir aber zahlen, denn wenn wir noch in ein Schreibwarengeschäft wollen und dann noch weiter an den Tegernsee, haben wir noch eine kleine Weltreise vor uns.«

»Ist es so weit?«

»Es geht so.«

»Macht dir das Fahren wirklich nichts aus?«

»Nein, ich fahre sehr gerne Auto, aber wie gesagt, du kannst mich auch mal ablösen.«

»Bloß nicht«, wehrte Jessica sich. »Wer weiß, wohin wir dann kommen?«

»Na ja«, sagte Marion munter. »Bis an die Ostsee bestimmt nicht.«

»Sag das nicht. Trotzdem übernehme ich gerne die Landkarte und dirigiere dich.«

»Kannst du das denn gut?«

»Lass es doch drauf ankommen.«

»Das ist gut, denn ich kann mit Landkarten nichts anfangen und mit Navis noch weniger. Obwohl sogar eines eingebaut ist, schalte ich es nicht ein. Das brabbelt den lieben langen Tag nur Unsinn, bis mir der Kopf schwirrt, lotst mich in Straßen, die es selbst nicht kennt, und ich darf mich dann zurechtfinden. Nee danke, auf diesen Quatsch kann ich getrost verzichten.«

Zurück im Auto, gab Marion Jessica die Karte. »Wir wollen zuerst nach Hohenschwangau und dann weiter nach Kochel am See. Da legen wir unsere nächste Rast ein. Uschi hat mir mal von einem kleinen Café-Restaurant dort vorgeschwärmt.«

Jessica übernahm nun das Lesen der Karte und dirigierte Marion zielsicher zuerst zu den Schlössern, die tatsächlich so überlaufen waren, dass ihnen sofort die Lust verging. So machten sie, wie sie es geplant hatten, von fern einige Aufnahmen und fuhren schnell weiter.

Ungefähr zehn Kilometer vor der Ortschaft Kochel verdunkelte sich der Himmel zusehends, und kurz darauf fing es derart heftig zu schütten an, dass Marion froh war, das Verdeck bereits einige Minuten vorher vorsorglich geschlossen zu haben. Als sie den Wagen endlich auf einen Parkplatz in der kleinen Gemeinde lenkte, goss es in Strömen. Die beiden Frauen stiegen aus und rannten zu dem Café hinüber. Trotzdem wurden sie unter Marions großem Schirm immer noch patschnass. Sie setzten sich in die Gaststube, und während Marion die Toilette aufsuchte, um sich die Haare etwas zu trocknen, bestellte Jessica zwei Kännchen Kaffee und zwei Stücke Käsekuchen.

Als Marion zurückkam, sah sie, dass die Bedienung schon da gewesen war und ein riesiges Stück Käsekuchen auf ihrem Platz stand.

»Woher wusstest du, dass das mein Lieblingskuchen ist?«

»Ach wirklich? Meiner auch«, sagte Jessica, »aber ich habe mir gedacht, im Notfall esse ich ihn, denn da kann ich mich hineinknien.

»Ich auch«, stöhnte Marion, »so sehe ich auch aus.«

»Na, so ein Quatsch, du bist doch schlank.«

»Davon wüsste ich aber was.«

Nachdem sie sich gestärkt und ausgeruht hatten, gingen sie zurück zum Auto. Mittlerweile tröpfelte es nur noch leicht vor sich hin. Beim Einsteigen sagte Jessica: »Es ist direkt unheimlich, wie ähnlich wir uns sind. Ich könnte schon fast glauben, wir wären Zwillinge und wussten es bisher nur nicht.«

Marion fand die Vorstellung, dass Jessica ihr Zwilling sein könnte, amüsant, aber gleichzeitig bereitete ihr der Gedanke auch Unbehagen. Zum Glück konnte das aber nicht sein, da war der Altersunterschied von immerhin zehn Jahren vor.

Während sie darüber nachdachte, hatte sich Marion bereits angeschnallt und war rückwärts aus der Parklücke gestoßen. Jessica dirigierte sie weiter durch die bayrische Alpenwelt.

So fuhren sie die Serpentinenstraße zum Walchensee hinauf und weiter über eine private Forststraße, die mehr einem Flickenteppich als einer Asphaltpiste glich, in Richtung Vorderriß und Sylvensteinstausee. Hier machten sie einen kurzen Fotostopp und fuhren dann weiter. Eine gute halbe Stunde später, es klarte inzwischen wieder deutlich auf, waren sie am Ziel.

Marion und Jessica, die beide den Tegernsee nur von Bildern kannten, standen bestimmt zehn Minuten unterhalb des Tegernseer Schlosses am Ufer, um die überwältigend schöne Landschaft zu genießen und zu bewundern.

Jetzt, da der Tag sich so langsam dem Ende zuneigte, wurde es noch mal richtig schön. Die Sonne kam heraus und sogleich kletterte das Thermometer auch deutlich.

»Wollen wir hier am See zu Abend essen und dann schnell über die Autobahn zurück?«, fing Marion an.

»Sehr gerne, auch wenn ich dann fürchte, dass ich spätestens übermorgen pleite bin«, sagte Jessica zögernd.

»Ich hab dich doch zu meinem Geburtstag eingeladen, das gilt selbstverständlich auch hier. Zier dich nicht immer so, und nimm das auch an.«

»Bist du dir sicher …«

Weiter kam Jessica nicht, denn Marion sagte fast schon verärgert: »Wenn ich dich nicht einladen wollte, hätte ich es dir auch nicht angeboten. Schließlich sind wir inzwischen fast schon Freundinnen. Oder etwa nicht?«

»Natürlich, von meiner Seite aus ganz bestimmt und nicht nur fast. Ich möchte aber auch, dass das so bleibt. Wer weiß, was geschieht, wenn du dich von mir ausgenutzt fühlst. Schließlich habe ich die Hoffnung, dass unsere Bekannt… äh, Freundschaft diese Reise überdauert.«

Da hatte Jessica aber was gesagt. Marion kam mit zwei großen Schritten auf sie zu und umarmte die neugewonnene Freundin überschwänglich.

Dann sagte sie: »Mir ist die Freundschaft zu dir auch sehr wichtig, Jessica. Ich habe mir in den letzten sieben Jahren so wenig Freizeit gegönnt, dass ich auch keinerlei Gelegenheit hatte, Freundschaften zu pflegen. Außer vielleicht Uschi bist du die Einzige, die ich kenne, mit der ich über private Dinge reden kann. Also, lass uns essen gehen und diesen Tag genießen. Wer weiß, was die Zukunft noch Negatives für uns bereithält.«

Was sollte Jessica dem noch entgegensetzen. Sie gab sich geschlagen und folgte Marion, die zielstrebig zu dem Lokal hinüberging, dessen Biergarten bis an den See heranreichte.

Die beiden tafelten ausgiebig, während die Sonne wie ein Feuerball hinter den Bergen versank und einen leuchtend orangeroten Abendhimmel zurückließ, der für den nächsten Tag wirklich traumhaftes Wetter versprach. Aber auch an diesem Abend war es noch sehr mild, und man merkte kaum noch was davon, dass es nur wenige Stunden zuvor in den Bergen wie aus Kübeln geschüttet hatte.

Als Jessica und Marion gegen acht endlich zur Rückfahrt aufbrachen, dämmerte es schon zusehends. Da es nun doch etwas frisch wurde, ließ Marion das Verdeck ihres Cabrios geschlossen. Während sie auf die Bundesstraße in Richtung München einbog, saß Jessica mit der Landkarte bewaffnet auf dem Beifahrersitz und dirigierte sie mit der Präzision eines hervorragenden Navigationsgerätes in Richtung Autobahn, München und schließlich ins Allgäu.

Als sie München schon lange hinter sich gelassen hatten und Marion an der Raststätte Lechwiesen bei Landsberg tanken musste, war Jessica auf dem Beifahrersitz bereits eingeschlafen. Kein Wunder, es war auch ein langer und harter Tag gewesen. Auch Marion war inzwischen ziemlich müde. Aber sie wusste, wenn alles glatt ging, würden sie in einer guten Stunde wieder in Lindenberg sein.

Nachdem sie getankt, etwas Frischluft geschnuppert hatte und wieder eingestiegen war, sah sie zu Jessica hinüber, die leise schnarchend im Gurt hing, und strich ihr freundschaftlich durchs Haar. In ihr keimte ein Gedanke auf, den sie sich nicht weiter zu denken traute, und sie startete stattdessen ihr Auto. Als wenn sie vor ihren eigenen Gedanken fliehen wollte, preschte sie die Autobahn entlang und schaffte es doch tatsächlich noch vor zweiundzwanzig Uhr, das Auto vor dem Hotel Zum Löwen am Markt einzuparken.

Sanft weckte sie Jessica, die so fest geschlafen hatte, dass sie zuerst gar nicht wusste, wo sie war.

»Wollen wir hier im Hotel noch was trinken?«, fragte sie, nachdem sie wieder völlig wach war.

»Heute nicht mehr. Entschuldige, aber ich bin vom Fahren hundemüde. Morgen Abend holen wir das nach, ganz bestimmt. Außerdem sollten wir gut ausschlafen, wenn wir morgen schwimmen gehen wollen.«

»Du hast wohl recht. Danke für den schönen Tag! Und bis morgen früh um halb zehn. Ich bin pünktlich fertig.«

Marion sah ihr noch nach, als sie bereits eine ganze Weile durch die Eingangstür verschwunden war. Dann fuhr sie die wenigen Meter zu ihrem Hotel hinüber und beeilte sich, auch in ihr Bett zu kommen.

Sie war hundemüde, aber in ihrem Kopf kreisten so viele Gedanken, dass sie ohnehin nicht schlafen konnte.

Deshalb nahm sie sich einen Stuhl und setzte sich hinaus auf den Balkon, wo es an diesem Abend noch richtig warm war.

In diesem Augenblick hätte sie ein Königreich für eine Zigarette gegeben, um sich zu beruhigen. Auf das dringende Anraten ihres Hausarztes hatte sie das Rauchen vor fünf Jahren von einem auf den anderen Tag aufgegeben. Die Jugendlichen, die sonst meist unter ihrem Fenster lärmten, waren an diesem Abend nicht da. Wahrscheinlich war es ihnen zu warm geworden, oder irgendeiner gab eine Fete zu Hause. So genoss Marion die Stille auf dem Balkon und starrte gedankenverloren in den Nachthimmel hinauf.

Erst jetzt, da sie langsam ruhiger wurde, wagte Marion den Gedanken weiterzudenken, der sie im Auto so urplötzlich überfallen hatte. Konnte es denn sein, dass sie, die glaubte, mit diesem Thema durch zu sein, sich in Jessica verliebt hatte? Schließlich hatte sie fast jedes Mal, wenn sie auf ihren Dominik zu sprechen kam, so etwas wie Eifersucht in sich aufsteigen gespürt.

Aber vielleicht bildete sie sich da nur etwas ein. Vielleicht kam ihre Verwirrung auch daher, dass sie in den letzten Jahren nur noch ihre Arbeit gekannt und keinen Menschen mehr näher an sich herangelassen hatte. Was war das, was sie empfand? Freude über die Abwechslung in ihrem Leben? Echte Freundschaft? Oder gar am Ende doch so etwas wie Liebe? Und wenn es Liebe war, war sie rein platonisch, oder war da mehr im Spiel? Begehrte sie am Ende auch Jessicas Körper? Ging dann alles, was sie über Jahre hinweg kunstvoll abzuschotten, um nicht zu sagen: abzutöten versucht hatte, wieder los? Würde sie ihrer Gefühlswelt ein neues, ebenso zum bösen Ende bestimmtes Kapitel hinzufügen, wie es schon genügend gab? Wurde sie denn nie gescheit?

Auch Jessica lag im Bett und dachte nach. Ihre Gedanken kreisten allerdings um Dominik und ihre Trauer um ihn. Sie hatte ein fürchterlich schlechtes Gewissen, weil sie an diesem Tag nicht eine Sekunde getrauert, ja den Gedanken an ihn sogar schon fast verdrängt zu haben glaubte. Dass dem ganz und gar nicht so war, wollte sie nicht einsehen. Es war ihr gar nicht so richtig bewusst, wie viel sie Marion von ihm erzählt hatte. So konnte sie sich an ihrer neu gewonnenen Freundschaft gar nicht richtig erfreuen, denn ständig hatte sie das Gefühl, ihren verstorbenen Mann zu hintergehen. Selbst die Freude auf den morgigen Badetag schien unter dieser Sorge zu leiden, und das, obwohl sie sich seit Jahren danach sehnte, endlich wieder einmal schwimmen zu gehen.

Selbst die tröstlichen Worte der alten Dame in Lindau, sie müsse ihr Leben neu einrichten, drangen nicht mehr bis zu ihr durch. Ruhelos wälzte Jessica sich noch eine ganze Weile von einer Seite zur anderen, bis sie schließlich erschöpft einschlief.

9.

Badespaß

Marion erwachte gegen neun – nicht sonderlich ausgeruht, aber dennoch einigermaßen zufrieden. Sie merkte gleich, dass die Sonne ihren Wunsch, baden zu gehen, tatkräftig unterstützte. Ihr war inzwischen klar, dass sie schon bald Sicherheit bekommen würde, was ihre Gefühle Jessica gegenüber betraf. Sie musste einfach nur abwarten – aber da waren schon wieder diese Zweifel. Selbst wenn sie Jessica wirklich liebte, konnte sie nicht erwarten, dass sie genauso empfand. Ganz im Gegenteil. Während sie selbst schon einmal mit einer Frau liiert gewesen war, wäre das für Jessica, die immer noch sehr an ihrem Dominik hing, völliges Neuland. Nein, sie konnte ganz und gar nicht erwarten, dass ihre neue Freundin, sofern sie sich überhaupt von Dominik zu lösen vermochte, mit wehenden Fahnen vom Lager der Männer zu einer Frau überwechselte.

Mit einem Satz sprang Marion aus dem Bett und verbannte das Thema in die hinterste Ecke des Gehirns. Jetzt wollte sie erst mal den Tag genießen. Schwimmen war angesagt! Sie stellte sich unter die Dusche und ließ das frische, kühle Wasser prickelnd auf ihren Körper prasseln, ehe sie sich anzog. Dann packte sie ihre Badetasche und ging in den Speisesaal hinunter. Sie frühstückte schnell, aber reichlich – da sie bestimmt länger am See blieben, zog sich noch eine Packung Zigaretten aus dem hauseigenen Automaten, der im Treppenhaus hing, und setzte sich in ihr Auto, um Jessica abzuholen.

Jessica war mittlerweile auch fast fertig mit Frühstücken. Sie war ein klein wenig spät dran, denn sie hatte sich für heute etwas ganz Besonderes ausgedacht, womit sie Marion nun überraschen wollte. Mithilfe ihrer Wirtin hatte sie ein richtiges Picknick-Lunchpaket zusammengestellt und auch an etwas zu trinken gedacht. Da sie sich nicht ganz sicher war, ob kalte Getränke bei der Hitze selbst in einer Thermoskanne wirklich kalt blieben, hatte sie die Wirtin kurzerhand um Kakao gebeten, den man schließlich warm und kalt trinken konnte. Dass ihre Zimmerwirtin es besonders gut gemeint und eine der beiden Kannen mit Kakao etwas aufgepeppt hatte, ahnte sie nicht.

Jessica verstaute alles in ihrer riesigen Badetasche, die sie sich in den ersten Tagen hier in Lindenberg gekauft hatte. Damals hatte sie noch gefürchtet, ihren Eltern vorschwindeln zu müssen, schwimmen gewesen zu sein, weil sie das zu Hause vollmundig angekündigt hatte. Aber nun setzte sie ihr Vorhaben in die Tat um und musste sich dafür nicht einmal überwinden. Auch kamen ihr nun, da es wieder heller Tag war, die nächtlichen Gedanken, sie würde Dominik mit ihrem Verhalten verraten, fast schon absurd vor.

Jessica trug ihr leichtes geblümtes Sommerkleid, das ihre Mutter ihr erst vor wenigen Wochen für diese Reise genäht und dass sie bei ihrem Zusammenstoß mit Marion in Lindau ebenfalls getragen hatte. Ihren Badeanzug hatte sie schon darunter angezogen. Schließlich konnte man nie wissen, ob es an diesen Stränden am Forggensee genügend Umkleidekabinen gab.

Gerade als sie sich draußen auf die Treppe stellte, fuhr Marion schon vor. Von Weitem winkten sie sich zu, und Jessica kam leichtfüßig die Treppe hinunter, stellte ihre Schwimmtasche so ungestüm auf den Rücksitz, dass es verdächtig schepperte, und ließ sich auf den Beifahrersitz fallen.

»Na, hat dein Sommerkleid in Lindau doch nicht ganz so stark gelitten«, meinte Marion grinsend.

»Gott sei Dank nicht, aber meine Seele dafür umso mehr«, erklärte Jessica ihr schnippisch und schickte ein saloppes »Morgen« hinterher.

»Guten Morgen …« Schatz, hätte Marion beinahe geantwortet, konnte sich aber gerade noch beherrschen und hoffte, dass Jessica nichts davon bemerkt hatte.

Sie hatte es nicht, denn Jessica strahlte ihre Freundin an, sagte fröhlich: »Der Morgen ist gut«, und boxte Marion freundschaftlich in die Seite.

Marion bekam zwar kaum Luft, dennoch sagte sie grinsend: »Du Furie, sag, wo fahren wir hin?«

»Ich dachte, wir wollen zum Schwimmen«, sagte Jessica etwas enttäuscht, denn sie glaubte, Marion sei so wankelmütig, dass sie es bereits vergessen hätte.

»Ich bin zwar manchmal ziemlich chaotisch«, erklärte Marion ihr prompt, gerade so, als hätte sie Jessicas Gedanken erraten, »aber so sehr dann doch nicht.«

Sie schmunzelte in sich hinein und setzte in Gedanken hinzu: *Schließlich bin ich schon scharf darauf, dich in Badeklamotten zu sehen.*

»Ich dachte, wir fahren an den Forggensee.«

»Ich auch, aber meine Wirtin hat mich vorhin beim Frühstücken drauf gebracht, dass es hier im Allgäu unzählige kleinere und größere Seen gibt, wo das Baden erlaubt ist. Was ist dir lieber? Einer, der ganz einsam im Wald liegt, oder einer mit gut ausgebauter Infrastruktur? Also, der von der Umkleidekabine bis zu Würstchenstand und Toilette alles zu bieten hat? Alles, was die Menschenmassen eben anzieht.«

Jessica dachte an ihre Picknicksachen und sagte: »Ein einsamer Waldsee wäre auch nicht schlecht, aber fahr erst mal los, sonst können wir das Schwimmen für heute vergessen, weil wir dann am Abend noch immer vor dem Hotel stehen.«

»Wie wahr«, gab Marion lachend zurück und startete den Wagen. Nachdem sie Lindenberg hinter sich gelassen hatten, sagte sie: »Ein See, den meine Wirtin mir empfohlen hat, ist nicht weit von hier, höchstens zehn Kilometer. Er soll herrlich sein, er liegt auf einer Waldlichtung und bekommt viel Sonne und Wärme ab. Das Gute ist, man darf dort baden, aber trotzdem kennt kaum jemand diesen See, weil er ziemlich klein ist. Wenn wir Glück haben, sind wir die Einzigen dort. Wollen wir dorthin fahren?«

»Gern, aber welchen Haken hat die Sache?«

»Vom Parkplatz aus bis zum See müssten wir noch einen knappen Kilometer laufen.«

»Das werden wir doch schaffen, oder? Nach diesem Frühstück würde uns das ohnehin guttun.«

Dabei sah Jessica gerade aus dem Fenster und erblickte das Ortsschild von Simmerberg.

»Wie weit ist es noch?«

»Wir sind gleich da, es gibt eine Abzweigung auf der Hauptstraße zwischen Simmerberg und Oberstaufen.« Einige Minuten später bog Marion auf den kleinen Parkplatz ein und stellte das Auto im Schatten ab. »Ich hoffe, du bist gut zu Fuß.«

»Klar doch, das schaffen wir schon. Oder was meinst du?«

»So wie wir gebaut sind, sehe ich kein Problem«, antwortete Marion und fing sofort zu lachen an.

Jessica stimmte mit ein, nahm vom Rücksitz ihre große Badetasche und folgte Marion auf den Waldweg. Da dieser gut ausgebaut und geteert war, spürte man auch keine Steinchen unter den Schuhen, vor denen Jessica sich insgeheim gefürchtet hatte, da sie ihre Sandalen mit der dünnen Sohle trug. Es dauerte keine Viertelstunde, bis der Wald sich lichtete und der See, der nicht ganz so klein war, wie sie gedacht hatte, vor ihnen lag. An seinem Ufer waren grüne und üppig blühende Wiesen, und es war wirklich ruhig. Sie waren tatsächlich die einzigen Menschen weit und breit.

»Das ist doch ein entzückender kleiner See«, sagte Jessica und nahm ihre neue Digitalkamera, um einige Aufnahmen davon zu machen. Sie wollte auch Marion mit auf einigen Bildern haben, denn ihre Eltern würden es ihr sonst vermutlich kaum glauben, dass sie hier Anschluss gefunden hatte und nicht völlig allein unterwegs gewesen war.

»Meine Wirtin hat mir erzählt«, sprach Marion, während sie die große Decke auf der Liegewiese ausbreitete,

»dass der See wie auch der Wald drum herum früher ihrem Großonkel gehört hat. Da er aber alt wurde, den Wald selbst nicht mehr bewirtschaften konnte und es in seinem Interesse lag, dass der See für Badende erhalten bleibt, hat er der Stadt vorgeschlagen, ihnen den Wald zur Bewirtschaftung zu überlassen – unter der Bedingung, dass sich für die Leute, die hier baden wollen, nichts ändert. So ist das auch heute noch.«

Während Marion ihren Bikini heraussuchte, ließ Jessica einfach ihr Sommerkleid zu Boden gleiten und rannte im Badeanzug zum Wasser hin. Vorsichtig tapste sie mit der Fußzehe hinein, und als sie feststellte, dass das Wasser schön warm war, ging sie mutig weiter. Nur kurze Zeit später war sie bis zum Hals hineingetaucht.

Da weit und breit keine Zuschauer in der Nähe waren, zog sich Marion völlig ungeniert um. Gerade als sie ihr Bikini-Höschen anziehen wollte, drehte sich Jessica zu ihr um und wollte sie rufen.

Als sie sah, dass Marion vollkommen nackt auf der Decke stand, drehte sie sich sofort wieder weg und dachte: *Donnerwetter, für ihre fünfundvierzig Jahre hat diese Frau eine Superfigur. Wenn ich auch nur halb so gut aussähe wie sie, hätte Dominik mich niemals mit meinen Speckröllchen aufziehen können. Recht hat er trotzdem gehabt, denn ich habe mich, nachdem wir verheiratet waren, viel zu sehr gehen lassen. Ich bin nicht mehr laufen gegangen, ganz zu schweigen vom Fitness-Studio, in dem ich vorher regelmäßig anzutreffen war.*

Als sie sich wieder zu Marion umdrehte, war sie bereits auf dem Weg ins Wasser. Im Gegensatz zu Jessica prüfte sie noch nicht einmal die Wärme und ging sofort hinein. Sie schien kein bisschen wasserscheu zu sein.

Jessica tat so, als ob sie sie noch nicht entdeckt hätte, und so schwamm Marion in einem weiten Bogen zu ihr hin. Sie näherte sich ihr von hinten und versuchte, sie zu erschrecken, indem sie ihre Hände in Jessicas Seiten legte. Jessica hatte mit etwas Derartigem gerechnet und tauchte nun ihrerseits die vollkommen verblüffte Marion kurzerhand unter. Es entwickelte sich ein turbulenter und kräftezehrender Wasserkampf, bei dem es nicht ohne viel Gelächter und Geschrei abging. Hier in der Abgeschiedenheit dieses Gebirgssees konnten sich die beiden Frauen benehmen, als wären sie wieder zwölf Jahre alt.

»Du, ich merke mein Alter ganz schön«, japste Marion nach einer Weile. »Ich bin so was von kaputt und muss raus.«

»Ja, Oma!«, rief Jessica ihr frech zu, fügte aber dann hinzu: »Mir geht's auch nicht viel besser.«

Aber da schwamm ihre Freundin bereits mit kräftigen Stößen dem Ufer entgegen.

»Ach ne, kaputt«, murmelte Jessica grinsend, wartete noch einen Moment und bewegte sich gemächlicher dem Ufer entgegen.

Marion hatte es sich derweil auf der Decke gemütlich gemacht und sah Jessica zu, die gerade aus dem Wasser stieg.

Ihre Silhouette mit den ausgeprägt weiblichen Konturen zeichnete sich deutlich gegen den dunklen Wald ab, und als ihre Freundin im klitschnassen und enganliegenden Badeanzug immer näher kam, dachte Marion: *Verdammt, es ist wahr. Ich begehre sie wirklich. Ich hätte nie geglaubt, dass mir so etwas noch einmal im Leben passiert, und dann ausgerechnet wieder eine Frau. Bis eben war ich mir noch nicht völlig darüber im Klaren gewesen, was ich für Jessica empfinde, aber geahnt habe ich es gestern schon.*

Während Marion noch versuchte, dem Sturm der Gefühle, der in ihrem Herzen tobte, Herr zu werden, legte Jessica sich neben sie, drehte sich zu ihr hin und sagte: »Ich habe eine Überraschung für dich.«

»Was denn?«, fragte Marion vor Anspannung zitternd, denn sie wurde plötzlich von einer Hoffnungswelle gepackt, die ihr gleichzeitig völlig unsinnig erschien.

Bereits in der nächsten Sekunde wusste sie, dass es leider doch nicht das Unmögliche war, was gerade geschah.

»Ich habe mir von meiner Wirtin alles einpacken lassen, was man für eine schöne Brotzeit braucht. Außerdem habe ich gedacht, so ein Wald- und Wiesenpicknick wäre genau das Richtige für uns beide.«

»Ich … ich weiß gar nicht, was ich dazu sagen soll«, begann Marion gerührt, denn mit ihrer geliebten Jessica hier am See zu picknicken war zurzeit das Zweitschönste, das sie sich überhaupt vorstellen konnte.

Während Jessica das Tischtuch ausbreitete und all die Köstlichkeiten wie Schinken, Käse, Brötchen, Wurst und zwei Thermoskannen Kakao drapierte, betrachtete Marion die wohlproportionierte und sehr weibliche Figur ihrer Freundin und sehnte sich so sehr danach, sie berühren zu dürfen.

Jessicas Wirtin hatte es so richtig gut mit ihnen gemeint und noch einige Köstlichkeiten wie hartgekochte Eier, Essiggurken, Tomatenschiffchen und zu guter Letzt einen ganzen Käsekuchen obendrauf gepackt.

»Deine Wirtin ist ein Juwel«, rief Marion begeistert, während sie Servietten und Besteck aus der geräumigen Tasche nahm und Jessica Pappteller und – becher aufstellte. Dabei schrie alles in ihr: *Jessica, meine geliebte Jessica, so gern möchte ich dich an mich ziehen, dich küssen, dich liebkosen, aber ich weiß genau, dass ich das nicht tun darf. Wenn ich nur einmal meine Beherrschung verliere, habe ich auch dich verloren. Dabei wünsche ich mir nichts sehnlicher, als jeden Tag und jede Nacht meines Lebens mit dir zu verbringen.*

Dabei rannen ihr zwei winzige kleine Tränen aus ihren Augenwinkeln, die sie so schnell wegwischte, dass Jessica sie eigentlich nicht bemerkt haben konnte. Da täuschte sie sich aber gewaltig.

»Was ist?«, fragte sie. »Bist du traurig?«

Traurig und glücklich zugleich, dachte die Ältere, hütete sich aber das zu sagen.

»Nein, mir ist eine Fliege ins Auge geraten«, wich Marion geschickt aus.

»Ach so«, meinte Jessica und schien sich mit dieser Erklärung zufriedenzugeben.

Marion fiel ein Stein vom Herzen.

Um Jessica und sich etwas abzulenken, erklärte sie: »Ich habe auch was zum Trinken dabei, zwei gut gekühlte Dosen Cola und eine Flasche Wasser.«

»Das ist gut, denn auf Kakao habe ich im Augenblick überhaupt keine Lust.«

»Ab und zu mag ich das auch, nur nicht so oft«, gab Marion zu.

»Wie schaffst du es bloß, so schön schlank zu bleiben? Als du dich umgezogen hast, habe ich bemerkt, dass du kein Gramm Fett zu viel am Körper hast.«

In Marions Gefühlen ging sofort ein Freudenfeuerwerk los: Jessica hatte ihren Körperbau betrachtet! Das konnte doch nur eines heißen …, aber die kalte Dusche folgte prompt auf den Fuß: »Wenn ich mich dagegen betrachte, wird mir ganz anders. Mein Dominik hat immer gesagt, es wäre ein Fehler, dass ich nicht mehr jogge oder ins Fitnessstudio gehe, und er hatte völlig recht damit.«

Schon wieder dieser Dominik, dachte Marion zuerst resignierend. Dann sagte sie: »Ich finde, dein Dominik hatte unrecht. Du hast eine schöne weibliche Figur, und gar so dünn wie ich zu sein ist auch kein Ideal. Zumal ich nichts, aber auch gar nichts dafür tun muss. Ich kann essen und trinken, was ich will, ich nehme einfach nicht zu.«

»Beneidenswert«, rutschte es Jessica heraus, »ich brauche das Essen nur anzusehen und habe ein Kilo mehr drauf.«

»Jeder ist eben anders«, hielt Marion dagegen, »aber du kannst dir gar nicht vorstellen, wie schwierig es ist, passende Kleidung zu bekommen, wenn man so klein und dünn ist. Alles muss enger genäht und unheimlich gekürzt werden. Meinen Schneider stürzt das oft in die schiere Verzweiflung.«

»Das kenne ich auch, bei Hosen und Jacken ist es am schlimmsten. Und ich habe Konfektionsgröße zweiundvierzig.«

»Die Größe ist doch okay, würde ich sagen. Deine Klamotten passen doch gut.«

»Ja, zum Beispiel das Kleid, das ich heute anhabe, das hat meine Mutti mir für diesen Urlaub genäht. Aber die Hosen kneifen verdächtig und werden immer enger.«

»Entschuldige, und da hat dein Mann dir auch noch vorgeworfen, dass du mehr für dich tun musst?«, fragte Marion, die sich insgeheim keinen schöneren Anblick vorstellen konnte.

»So in etwa, dabei hatte ich doch gar keine Zeit mehr dafür. Dominik hat mich in der Regel überall hinbegleitet, und da er nicht mit ins Fitnessstudio durfte, das nur für Frauen war, er aber auch in kein anderes gehen wollte, war dieses Thema schnell vom Tisch. Aber auch joggen gehen mit mir wollte er nicht, da er es für idiotisch hielt. Dass ich aber allein durch den Park und die Felder rund um Rüsselsheim laufe, behagte ihm erst recht nicht, denn dann machte er sich Sorgen um meine Sicherheit. Somit war das Thema Sport bei uns gegessen.«

»Das finde ich nicht in Ordnung. Davon abgesehen, dass er dich erst mal nicht so hätte einschränken dürfen, hätte er doch keinen Grund zu meckern gehabt. Beides zusammen lässt sich doch gar nicht vereinbaren.«

»Er hat es ja nur gut gemeint …«

»… und das ist oft das Gegenteil von gut«, ergänzte Marion spontan, es klang bissiger als beabsichtigt.

Jessica sah ihre Freundin zuerst irritiert an, dachte dann aber an das Gespräch mit der alten Frau in Lindau und sagte: »Das habe ich mir damals auch gedacht – aber lassen wir das jetzt ruhen und es uns erst mal richtig schmecken. Guten Appetit.«

»Danke, gleichfalls.«

Nun machten sich die beiden Frauen über die vielen Köstlichkeiten her, und es schmeckte ihnen vorzüglich.

Nachdem sie rundum satt waren, sagte Marion: »Zum Abschluss des opulenten Mahls brauche ich nun eine Zigarette.«

Dazu nahm sie das Päckchen aus ihrer Handtasche, die eher einem Kurzreisekoffer oder einem Seesack glich – so groß war sie.

Jessica traute ihren Ohren kaum. Dass Marion rauchte, hatte sie bislang mit keinem Wort erwähnt.

Sie sah die Freundin staunend an, und noch bevor sie danach fragen konnte, antwortete ihr Marion: »Ich habe bis vor fünf Jahren ziemlich stark geraucht und würde es auch heute noch tun, hätte mein Hausarzt nicht etwas dagegen gehabt. Er war damals mit dem Rasseln in meiner Lunge gar nicht zufrieden und riet mir dringend, das Rauchen einzustellen. Aber warum? Ich habe mir damals überlegt, weiterzumachen, weil mein Leben ohnehin so was von langweilig war …«

»Aber Marion«, rief Jessica erschrocken aus. »Mit solch einem Risiko spielt man nicht.«

»Das habe ich mir dann auch gesagt und tatsächlich erst mal aufgehört. Dafür habe ich in meinem Leben etwas geändert.«

»Darf man fragen was?«

»Ich habe nicht nur eine Filiale in Weinheim eröffnet, sondern dort ein Haus gekauft und bin dort hingezogen.

Der Umbau ist immer noch nicht abgeschlossen, weil ich erstens vor Arbeit umkomme und zweitens nicht die richtigen Ideen habe. Wenn der Urlaub hier vorbei ist und du Lust hast, mich mal zu besuchen, können wir gerne zusammen darüber nachdenken.«

»O ja, das wäre schön«, erklärte Jessica prompt. »Ich komme ganz bestimmt, aber erst einmal muss ich einen neuen Job finden. Wer weiß, ob ich in meinem Beruf überhaupt noch etwas bekomme? Schließlich bin ich seit mehr als drei Jahren raus und war die letzten zweieinhalb Jahre davon krankgeschrieben. Zeig mir mal den Chef, der eine Frau einstellt, die acht Wochen in der geschlossenen Psychiatrie war.«

Ich wüsste schon einen oder besser gesagt eine, dachte Marion, sagte aber erst mal nichts, denn sie wollte Jessica nicht damit überfordern, dass sie ihr ständig neue Geschenke machte. Der richtige Zeitpunkt würde schon kommen.

»Jetzt rauch ich aber eine«, sagte Marion und hielt Jessica die geöffnete Packung hin. Sie griff dankbar zu, denn sie hatte das Rauchen seinerzeit ja auch nicht ganz freiwillig, sondern nur Dominik zuliebe aufgegeben.

Während die beiden Frauen schweigend rauchten, wurde Jessica erst so richtig bewusst, wie sehr Dominik ihr Leben bestimmt hatte. Das war ihr, als er noch lebte, gar nicht so aufgefallen. Oder halt, dass stimmte so auch nicht. Aufgefallen war es ihr schon, aber es hatte sie zumindest nicht so sehr gestört, dass sie sich dagegen aufgelehnt und riskiert hätte, ihn zu verlieren. *Daran sieht man auch, dass die alte Dame in Lindau recht hatte. Auch*

Dominik war kein Heiliger, der seinen Platz auf einem Sockel irgendwo hoch oben in den Wolken hat. Er war ein Mensch wie du und ich.

Als Jessica zu Ende geraucht hatte, sagte sie: »Du, Marion, ich muss meinen Eltern und meinem Bruder unbedingt noch eine Karte schreiben. Können wir so zurückfahren, dass ich noch Briefmarken bekomme?«

»Natürlich. Kommst du jetzt eigentlich mit, wenn ich morgen nach München fahre? Wenn ja, schreibe sie doch von unterwegs und wirf sie in München ein. Das geht bestimmt schneller.«

»Nach München, gerne, dort war ich noch nie. Halt, ich habe kaum noch Geld, und nach München fahren und nichts ausgeben zu können ist auch blöd. Ich bleibe lieber hier.«

Als sie Marions enttäuschten Blick sah, meinte sie: »Ich muss mal nachsehen, was ich noch in meinem Geldbeutel habe. Wenn es reicht, komme ich gern mit. Dann muss ich eben für den Rest des Urlaubs sparen. Sich München entgehen zu lassen wäre ja auch ziemlich töricht.«

»Eben«, meinte Marion und fügte dann, um ihre Freundin zu beruhigen, hinzu: »Was hältst du denn davon, wenn ich dir dreihundert Euro leihe?«

»Nicht viel, denn ich könnte sie dir nicht so schnell wieder zurückzahlen. Meine Eltern noch mal anpumpen möchte ich auch nicht, die haben mir schon diesen Urlaub hier spendiert, Hin- und Rückfahrkarte inklusive.«

»Da hätte ich eine Idee für dich«, sagte Marion lächelnd. »Meine Mutti hat mir vor vielen Jahren mal von einer Freundin erzählt, die immer Taschen mit vielen

Extrafächern kauft, damit sie dort Kleinigkeiten deponieren kann. So steckt sie immer mal einen Geldschein in ein Fach – so für den Notfall.«

»Kein schlechter Einfall. Auf so eine Idee wäre ich noch nicht gekommen.«

»In dieser Tasche sind doch genügend Reißverschlüsse; zieh sie doch mal auf.«

»Das kann ich mir sparen, die habe ich erst in Lindenberg gekauft.«

»So ein Pech aber auch, aber die Tasche ist wirklich schön. In welchem Geschäft warst du denn?«

»In dem kleinen Lederwarengeschäft in der Einkaufspassage.«

»Ich kann dir noch einen Vorschlag machen. Du hängst an deinen Urlaub noch eine Woche dran und kommst mit mir nach Weinheim. Ich habe, wenn ich zurückkomme, so viel Arbeit, da könnte ich noch zwei helfende Hände gut gebrauchen. Wenn die Woche um ist, sind wir wieder quitt. Was hältst du davon?«

»Das hört sich wirklich gut an. Darf ich bis morgen darüber nachdenken?«

»Ja, aber nur wenn du morgen früh mit nach München kommst. Wir fahren mit dem Zug, es gibt auf dem Weg zu viele Radarfallen. Das Pflaster ist mir zum Selbstfahren entschieden zu heiß.«

»Stimmt, der Wetterbericht hat fünfunddreißig Grad versprochen.«

»Gut gekontert. Und nun revanchiere ich mich für deine hervorragende Idee mit dem Picknickkorb und lade dich zum Abendessen ein.«

»Ich gebe mich geschlagen und sage einfach nur noch danke, meine Einwände lässt du ja sowieso nicht gelten.«

»Ganz genau. Aber als du mich unterbrochen hast, wollte ich eigentlich sagen, dass ich Strafzettel sammle wie andere Leute Briefmarken. Mein Führerschein hängt ohnehin nur noch an einem seidenen Faden.«

»Da musst du ganz schön aufpassen«, sagte Jessica lachend, »dass er nicht reißt.«

»Prima, das hätte glatt von mir sein können … aber jetzt muss ich unbedingt noch mal ins kühle Nass.«

»Ich komme mit.«

Jessica sprang auf, und Marion folgte ihr. So rannten die beiden in die Fluten hinein, schwammen um die Wette zum anderen Ufer hin und wieder zurück. Hier planschten sie noch eine Weile und verließen den See dann wieder. Da sie sich ziemlich lange im Wasser aufgehalten hatten und die Sonne sich langsam dem Horizont zuneigte, war es ziemlich frisch geworden, und Jessica zog sich ihr mitgebrachtes T-Shirt über.

»Den Gedanken mit dem T-Shirt hatte ich nicht«, gab Marion zu, »aber er ist gut.«

»So langsam wird es wirklich sehr kühl«, sagte Jessica und wickelte das Handtuch fester um die Beine. »Ich glaube, wir sollten spätestens in einer Stunde aufbrechen, oder was meinst du?«

»Das denke ich auch, aber jetzt habe ich erst mal Durst. Was haben wir denn noch Gutes?«

»Zwei Thermoskannen voll mit Kakao. Und ich glaube kaum, dass es meiner Wirtin gefällt, wenn ich die unberührt wieder mitbringe.«

»Na, dann gib mir mal eine rüber.«

Marion schenkte den Becher randvoll und trank ihn in einem Zug leer – und stutzte erschrocken.

»Meine Güte, Jessica. Was hast du denn in den Kakao gemischt? Ist da Amaretto drin?«

»Ich weiß es nicht, den hat wie gesagt meine Wirtin gemacht. Vielleicht hat sie uns was Gutes tun wollen?«

Dann hielt Jessica sich die Thermoskanne unter die Nase und schnupperte daran. Der Duft von Amaretto, der ihr entgegenstieg, war mörderisch.

»Jetzt musst du zurückfahren, Jessica«, erklärte Marion mit schon etwas schwerer Zunge. »Ich vertrage Likör nicht sehr gut, der haut mich immer um. Ich glaube nicht, dass ich so selbst fahren kann.«

»O nein«, stöhnte Jessica auf, fügte sich dann aber in ihr Schicksal und fragte: »Sollen wir gleich aufbrechen?«

»Wird wohl besser sein.«

Jessica half ihrer Freundin, den nassen Bikini auszuziehen und in ihre trockene Jeans zu schlüpfen. Dann zog sie sich selbst schnell um. In einer anderen Situation hätte Marion es genossen, dass Jessica ihr beim Aus- und Anziehen half, aber so bekam sie nur die Hälfte davon mit. Anschließend gingen sie auf dem gut ausgebauten Waldweg, auf dem es allerdings schon sehr düster und unheimlich war, zum Auto zurück. Da es Jessica ganz schön mulmig war und sie bei jedem Knacken, das aus dem Wald drang, zusammenfuhr, war es ihr sehr recht, dass Marion sich bei ihr unterhakte und eng an sie heranrückte. Und als Marion ihren Kopf an Jessicas Schulter lehnte und sie ihre Nähe und Wärme spürte, beruhigte sie das ungemein. Endlich waren sie beim Auto angekommen. Jessica verfrachtete ihre Freundin auf den Beifahrersitz und nahm hinterm Steuer Platz. Sie stellte sich Sitz und Spiegel ein, startete den Wagen und fuhr los. Es ging sehr viel besser, als sie befürchtet hatte, und es dauerte nicht einmal zwanzig Minuten, da parkte sie das Auto nahe dem Hotel Zur Linde ein. Jessica brachte die Freundin noch bis zur Hoteltür.

»Geht es wieder, kann ich dich alleine lassen?«

»Natürlich«, antwortete Marion. »Es geht schon wieder.«

»Was war denn los mit dir?«

»Ach, weißt du, bei mir wirkt Likör oder Schnaps irgendwie stärker als bei anderen. Zwei, drei Gläser Wein oder Bier machen mir nicht viel aus, aber wenn ich in Weinheim beim Griechen mehr als einen Ouzo trinke, kann der Wirt mich nach Hause tragen.«

»Okay, verstehe. Wann starten wir morgen? Und was kostet das Bahnticket?«

»Dich nichts. Ich habe mir so ein Bayernticket gekauft, damit kann ich mehrere Leute mitnehmen.«

»Okay, dann bis morgen, und schlaf dich gut aus«, sagte Jessica grinsend und gab ihr den Autoschlüssel. »Wann soll ich morgen früh hier sein?«

»Moment mal«, rief Marion laut aus, »wollten wir heute nicht zusammen essen?« Sie sah auf ihre Armbanduhr.

»Dass du daran schon wieder denken kannst«, rutschte es Jessica unbedacht heraus. »Kommst du in einer Stunde zum Abendessen rüber, oder soll ich hierherkommen?«

»Heute wäre es mir recht, wenn du hier herüberkommst. Hunger habe ich sowieso schon wieder, und außerdem geht es mir schneller wieder besser, wenn ich was in den Bauch bekomme.«

»Okay, ich bin in einer Stunde da.«

Jessica wartete noch einen Moment, bis sie sah, dass Marion die Treppe hinauf ging, dann drehte sie sich um und ging die wenigen Meter zu ihrem Hotel hinüber. Als sie den Hausflur betrat, kam die Wirtin gerade aus der Küche und ihr entgegen.

»Wie war der Badetag?«

»Sehr schön! Aber Ihr Kakao hatte es vielleicht in sich. Meine Freundin konnte nicht mal mehr Auto fahren. Ein Segen, dass ich nichts davon getrunken habe.«

»Was habe ich da bloß angestellt!«, sagte die Wirtin laut zu sich selbst, während Jessica nun ihrerseits die Treppen hinauf zu ihrem Zimmer ging.

10.

München total

Nachdem Jessica ins Hotel hinübergegangen war, hatte Marion, der es inzwischen fast schon wieder gutging, sich erst mal in voller Montur aufs Bett gelegt und nachgedacht. Die Erkenntnisse, die sie heute gewonnen hatte, hatten sie trotz ihrer Vorahnung total umgehauen.

So wusste sie jetzt genau, was sie tun wollte. Nur wie sie das erreichen könnte, blieb ihr ein Rätsel. Doch kreisten ihre Gedanken bestimmt zum hundertsten Male um die Gewissheit, dass sie Jessica früher oder später ihre Liebe gestehen musste, wenn sie nicht vor die Hunde gehen wollte. Dass Jessica ihr auch sehr zugetan war, wusste sie, aber sie war sich auch vollkommen bewusst, dass es bei ihr vermutlich nicht über eine sehr tief empfundene Freundschaft hinausging.

Eine heiße Welle der Erregung stieg in ihr hoch, als sie sich daran erinnerte, wie sie vorhin eng aneinander geschmiegt durch den Wald gegangen waren. Noch vor einer Woche hätte Marion, wenn sie so erregt war, sich selbst bis zum Höhepunkt getrieben, aber nun, da sie Jessica kannte, war alles anders. Obwohl sie vermutete, dass sie bei ihr wahrscheinlich nie zum Ziel kommen würde, wollte sie all ihre Orgasmen für Jessica aufsparen.

So laut, dass sie selbst über ihre Lautstärke erschrak, sagte sie ins Zimmer hinein: »Ich werde ihr meine Liebe noch in diesem Urlaub gestehen, auch wenn sie mich danach verachten wird.«

Während Jessica eine Stunde später auf dem Weg zur Linde war, trat Marion gerade aus der Dusche und trocknete sich ab. Nach einem Blick zur Uhr erschrak sie. *Nun aber schnell, Jessica wird bald hier sein*, dachte sie und schlüpfte in ihre schwarze Stoffhose. Als Oberteil wählte sie ihre bunte Bluse und ließ einen Knopf weiter offen als sonst. *Mal sehen, was Jessica dazu sagen wird. Oder bemerkt sie es nicht mal?*

Auch Jessica hing so ihren Gedanken nach, als sie die wenigen Meter zum Gasthaus hinüberschlenderte. Wenn sie auch nicht einmal ansatzweise ahnte, wie tief Marions Gefühle ihr gegenüber waren, so hatte sie es doch bemerkt, wie sehr Marion es genoss, sie zu umarmen, zu berühren oder den Kopf an ihrer Schulter ruhen zu lassen. Auch ihr selbst war das keineswegs unangenehm. Sie dachte aber mehr an eine intensive Freundschaft als an Liebe. Deshalb war ihr auch ein anderer Aspekt dieser Freundschaft sehr viel wichtiger. Mit jedem Tag, den sie mit Marion verbrachte, wurde das bislang jederzeit präsente, sehr markante Bild Dominiks in ihrem Kopf blasser. Auch die Trauer, mit der sie nun die letzten zweieinhalb Jahre fast unentwegt gelebt hatte, wich zunehmend einem ruhigen und wohlwollenden Andenken an ihn.

Sie wusste genau, dass die Bekanntschaft mit Marion ihr guttat und wie sehr sie sich jedes Mal freute, die Freundin zu sehen. Gleichzeitig aber fürchtete sie, dass

Dominik dadurch immer mehr in den Hintergrund gedrängt würde, bis er eines Tages womöglich ganz aus ihren Gedanken verschwand. Zumal sie in den letzten beiden Tagen schon mehrfach einen kurzen, aber sehr intensiven Albtraum gehabt hatte.

In diesem Traum hatte sie geschlafen, und Dominik war an ihr Bett getreten. Sie war aufgewacht, hatte ihn angesehen und er hatte »Du brauchst mich nun nicht mehr« gesagt. Dabei hatte er ihr zugewinkt und war verschwunden. Jessica war sich ganz sicher, einen vorwurfsvollen Unterton in Dominiks Stimme vernommen zu haben, obwohl seine Worte und Gesten eher das Gegenteil ausgedrückt hatten. Mit diesem Bild vor Augen war Jessica stets wach geworden.

Beinahe wäre sie am Hotel Linde vorbeigelaufen, so sehr war Jessica in ihre Gedankenwelt abgetaucht. Im letzten Moment bemerkte sie es und betrat das Gebäude. Gerade als sie in den Gastraum gehen wollte, kam Marion die Treppe herunter und rief ihr von Weitem zu: »Hallo, Jessica.«

Die Angesprochene drehte sich zu ihr um und sah der Freundin in die Augen.

»Na, geht es dir wieder besser?«

»Auf jeden Fall. Vor allem habe ich einen Bärenhunger. Ich glaube, das macht die gute Luft hier.«

»Wahrscheinlich, mir geht es nicht anders, obwohl wir heute schon so viel gegessen haben.«

Währenddessen hatten sich die beiden Frauen einen Fensterplatz auf einer der langen Bänke ausgesucht, und die Wirtin war herangetreten.

»Darf ich Ihnen schon was zu trinken bringen?«

»Einen trockenen Weißwein und eine große Flasche Wasser«, bat Marion.

»Dasselbe nehme ich auch«, schob Jessica nach.

Dann studierten beide die Speisekarte und nahmen erst mal einen Teller mit Vorspeisen.

»Na, das kann heute noch heiter werden«, sagte Jessica lachend.

»Wir haben doch Zeit – oder werden deine Wirtsleute gleich eine Vermisstenanzeige aufgeben?«

»Hoffentlich nicht.«

»Na, dann Prost.«

Die beiden Frauen ließen es sich gut gehen und unterhielten sich prächtig. Sie hatten sich so viel zu erzählen und entdeckten immer mehr Gemeinsamkeiten. Es schien ihnen kaum möglich, dass sich zwei Menschen so ähnlich sein konnten. Das ging so, bis Jessica auf die Uhr sah.

»Ach, du liebes bisschen«, rief sie laut aus, »es ist schon fast elf Uhr.«

»Na und?«, gab Marion, die sich sauwohl fühlte und schon das vierte Glas Wein getrunken hatte, lautstark zurück. »So jung kommen wir nie wieder zusammen.«

»Wenn du das so siehst, okay. Ich erinnere dich aber vorsichtshalber daran, dass wir morgen nach München wollen.«

»Das schaffen wir schon, denn wenn du um sieben aufstehst, bleibt noch genügend Zeit für ein Frühstück. Ich komme um acht zu dir rüber, und dann fahren wir mit dem Auto nach Röthenbach. Von dort aus haben wir unsere Fahrkarte.«

»Alles klar, so machen wir es.«

Als Jessica kurz darauf ihr Hotel betrat, kam die Wirtin aus dem Hinterzimmer.

»Gute Nacht«, wünschte sie und sah Frau Stadler kurz an.

»Das wünsche ich Ihnen auch! Ich wollte Ihnen nur sagen, dass Ihre Eltern angerufen haben.«

»Ah, danke! Ist was passiert?!«, fragte Jessica ein wenig erschrocken.

»Aber nein! Sie haben sich nur gewundert, dass sie außer der einen Ansichtskarte in den ersten Tagen nichts mehr von Ihnen gehört haben.«

»Ist das so schlimm? Wenn ich jeden Abend zu Hause anrufen würde, hätte ich auch nicht wegfahren brauchen.«

»Ganz meine Meinung«, antwortete Elvira Stadler schnell, »aber Ihre Eltern machen sich eben Sorgen. Kann man auch verstehen, und ich habe mich etwas länger mit Ihrer Mutter unterhalten. Dabei habe ich erwähnt, dass Sie sich mit einem anderen weiblichen Urlaubsgast aus dem Ort etwas angefreundet haben und Ihnen das sehr gut bekommt. Sie sind in den letzten Tagen richtig aufgeblüht.«

»So, bin ich denn eine Rose?«

»Zurzeit ja, wenn ich das mal sagen darf. Als Sie hier angekommen sind, habe ich mir wirklich Sorgen gemacht, so traurig und verlassen, wie Sie durch die Gegend geschlichen sind.«

»War es so schlimm?«

»Ja, das war es. Aber seit Sie diese Frau kennengelernt haben ... kein Vergleich mehr.«

»Das ist mir selbst gar nicht so sehr aufgefallen«,

schwindelte Jessica und fügte dann hinzu: »Vielleicht liegt es auch daran, dass es hier sehr schön ist.«

»Das freut mich, wenn es unseren Gästen hier gefällt. – Geht es Ihrer Freundin denn wieder besser?«

»Natürlich, beim Abendessen war sie wieder fit.«

»Da bin ich beruhigt. Wer hätte das ahnen können, dass mein Amaretto sie so umwirft«, atmete Elvira Stadler auf. Dabei fiel ihr noch etwas ein, und sie sah Jessica eindringlich an.

»Ich verrate Ihnen jetzt was, aber sagen Sie das bitte nicht Ihrer Freundin.«

»Mache ich.«

»Den Amaretto hatte mein Schwiegervater vorher schon nach seinem Spezialrezept verfeinert, er ist ein richtiger Fan von dem Zeug. Ich weiß allerdings nicht genau, was er da so alles hineingemischt hat.«

»Das erklärt vieles«, sagte Jessica, »denn ich war selbst von der Wirkung auf Marion überrascht. Wir werden bestimmt noch mal abends zusammen hier essen, dann probiere ich ihn auch.«

»Soll ich Ihnen für morgen Abend Ihren Tisch reservieren?«

»Morgen sind wir unterwegs, aber für übermorgen wäre das super. Ach so, und morgen geht es nach München, wir werden vermutlich erst sehr spät am Abend zurück sein. Ich sage Ihnen das besser vorher, damit Sie sich keine Gedanken machen, wenn ich um elf noch nicht zurück sein sollte.«

»Gut, dass Sie mir das sagen! Viel Spaß dort. Und verpassen Sie nicht das Hofbräuhaus!«

»Das haben wir geplant, deshalb fahren wir auch mit dem Zug.«

»Sehr vernünftig! Dann schlafen Sie gut.«

»Gleichfalls.«

Wenig später lag Jessica im Bett. Aber ihre kreisenden Gedanken hielten sie mal wieder vom Einschlafen ab, sie wanderten von Dominik zu Marion und wieder zurück. Auch ihre Eltern kamen vor. Irgendwann schlief sie dennoch völlig übermüdet ein, und am frühen Morgen wurde sie wieder einmal von einem Traum geplagt, der im Grunde gar kein Albtraum war, aber von ihr trotzdem als solcher empfunden wurde.

»Ich vergesse dich nie«, sagte Dominik zu ihr, »aber ich würde mich freuen, wenn du wieder einen Partner fändest. Das ist das, was ich mir für dich wünsche.«

Als sie gegen sieben erwachte, war sie alles andere als ausgeschlafen, und auch Marion, die sie kurz vor halb neun abholte, wirkte nicht gerade erholt. Dennoch schafften es die beiden mühelos, den Regionalexpress nach München zu erwischen. Als sie um kurz nach halb zwölf in der bayrischen Metropole eintrafen, waren sie schon wieder recht munter und unternehmungslustig.

»Wo gehen wir als Erstes hin?«, fragte Jessica, da Marion sich in München ein bisschen auskannte.

»Was hältst du vom Nymphenburger Schloss und Park?«

»Gute Idee! Die Rückfahrzeiten hast du im Blick? Wie sind die von hier aus?«

»Scheiße«, entfuhr es Marion.

»Wie bitte? Müssen wir am Ende hier übernachten?«

»Entschuldige nein, so war das nicht gemeint.«

»Komm, wir suchen uns den Fahrplan, damit wir wissen, wann und auf welchem Gleis der Zug abfährt.«

Jessica, die sich mit Fahrplänen ganz gut auskannte, hatte bald die gewünschten Zeiten parat und schrieb sie auf einen Zettel.

»Um zwanzig nach sieben fährt einer bis Röthenbach«, sagte sie.

»Viel zu früh, schau mal auf deine Uhr.«

»Also der nächste.«

»Um zwanzig nach neun, und der allerletzte um viertel vor zehn.«

»Wann ist der in Röthenbach?«

»Um zwanzig vor eins, halt, da ist er in Lindau. Um zehn nach zwölf ist er zurück. Den würde ich vorschlagen. Was meinst du?«

»Finde ich prima. Also los, jetzt schnell auf den Bahnhofsvorplatz am Nordausgang. Hier fährt die Linie siebzehn bis ganz in die Nähe des Schlosses.«

»Sehr gut.«

Nur wenige Minuten später kam schon die Tram, und beide stiegen ein. Sie suchten sich in der nur halbvollen Bahn einen Sitzplatz am Fenster, und Jessica fragte: »Wie sieht denn unser Programm für heute aus?«

»Programm!«, lachte Marion. »Es ist nur ein Vorschlag. Vielleicht fällt dir auch noch was dazu ein. Ich hätte erst das Mittagessen vorgeschlagen, denn dort wo wir aussteigen, gibt es ein uriges Lokal mit einem Biergarten.«

»Das hört sich gut an.«

An ihrer Haltestelle stiegen sie aus und überquerten an der Ampel die Straße. Zielstrebig gingen sie auf den Biergarten zu und suchten sich einen Tisch unter einer riesigen Platane aus. Kurz darauf stand schon der Ober vor ihnen.

»Na, ihr beiden Hübschen, was darf's denn sein?«, fragte der junge Mann anzüglich, der sich trotz seines fassartigen Bierbauchs anscheinend für unwiderstehlich hielt.

Normalerweise wäre Marion bereits in die Höhe gegangen und hätte diesem Tölpel die passende Antwort gegeben, aber zum Glück des Mannes war sie im Moment rundherum zufrieden. In breitestem Hessisch sagte sie: »Ei mir wolle emal was rischdisch Bayrisches esse.«

Jessica grinste, als der Kellner sie erst verblüfft anstarrte und dann mit einiger Verspätung sagte: »Einen schönen Schweinebraten mit Knödeln und Blaukraut hätt ich den beiden Hübschen anzubieten.«

»Jo dös numma, un zwoa Woaßbier d'zu, bittschön«, erklärte Marion im recht gut imitierten bayrischen Dialekt, womit sie den Burschen vollends aus der Fassung brachte.

»Ja, die Damen, gleich … sofort«, stotterte er und wollte sich schnell entfernen, als Jessica nachschob: »Ich hätte gerne noch einen Beilagensalat dazu, geht das?«

»Klar.«

»Den nehme ich auch«, ergänzte Marion.

Schnell entfernte sich der junge Mann, und seinem Gesicht nach zu urteilen war ihm nicht sehr wohl dabei.

Nun konnten sich Jessica und Marion nicht mehr zurückhalten und kicherten los wie zwei fünfzehnjährige Teenager.

»Mal sehen, ob der uns noch mal bedient«, meinte Marion, gerade als die Wirtin kam und ihnen das Weißbier brachte.

Sie beäugte die beiden misstrauisch, und da sie genauso drall wie der junge Mann war, konnte man sie glatt für seine Mutter halten. Nur wenige Minuten später kam der Salat und kurz darauf das dampfende Hauptgericht. Als sie eine halbe Stunde später nach der Rechnung verlangten, kam erst der junge Mann, drehte aber kurz vor ihrem Tisch ab und ließ seine Mutter kassieren. Das erheiterte Jessica und Marion abermals, und während sie einander untergehakt am Schlosskanal entlang auf das Hauptportal des Schlosses zugingen, waren sie bester Laune.

»Sag mal, wie spät ist es eigentlich?«, fragte Marion, die ständig vergaß, ihre Uhr anzuziehen.

»Gleich eins.«

»So spät schon! Möchtest du das Schloss besichtigen, oder reicht dir der Park?«

»Der Park wäre mir lieber.«

»Gut, das kommt mir auch entgegen. Dann laufen wir bis zum See und von da aus nach Norden. So kommen wir an der Straßenbahnendhaltestelle raus.«

»Du scheinst dich hier gut auszukennen, ich verlasse mich ganz auf dich.«

»Ja, ich war schon zweimal beruflich in München. Dabei bin ich immer hier und im Englischen Garten. Ich liebe Parks.«

»Ich auch!«

Ihre weiteren Vorhaben mussten die beiden dann deutlich ausdünnen, denn sie hielten sich viel länger im Park auf als eigentlich geplant. Es war mittlerweile fast drei Uhr, als sie endlich in die Straßenbahn zurück in die Innenstadt stiegen.

»Wann gehen noch mal die Züge?«, fragte Marion, als sie am Stachus ausstiegen und die Neuhauser Straße entlang in Richtung Marienplatz schlenderten.

»Um zwanzig nach sieben, zwanzig nach neun und viertel vor zehn auf Gleis dreiundzwanzig«, sagte Jessica, während sie an die Einmündung der Liebfrauenstraße kamen, die direkt zum Frauenplatz mit der berühmten Kirche führte. Hier musste Jessica unbedingt einige Fotos machen und lichtete dabei auch Marion mit ab, die lieber mit ihrem Handy fotografierte.

»Langsam habe ich wieder Durst«, sagte Marion schnell, und sie gingen am Alten Peter vorbei zum Viktualienmarkt.

Inzwischen war es fast siebzehn Uhr, und sie waren sich ziemlich sicher, dass sie den ersten Zug keinesfalls mehr schaffen würden. Auch wenn sie hier nur einen Kaffee trinken wollten – das Hofbräuhaus wollten sie schließlich nicht auslassen. Nachdem sie gut gestärkt noch ein Stück zum Isartor hingelaufen waren, bogen sie in eine Seitengasse zum Hofbräuhaus hin ab. Dabei hatte jede einen Stoffbeutel mit unterwegs erstandenen Souvenirs in der Hand. Ziemlich genau um halb sieben betraten sie die rustikale untere Gaststube, die sich Schwemme nannte. Da es bereits ziemlich voll war, dauerte es einige Zeit, bis sie einen Platz gefunden hatten, und noch länger, bis sie ihr Weißbier und das bayrische Nationalgericht vor sich hatten, ein paar Weißwürste mit süßem Senf. Hier gefiel es ihnen so gut, dass sie ein zweites und auch ein drittes Bier tranken. Marion ließ sich noch zwei Brezen geben, und die beiden ließen es sich schmecken.

Bei all dem Spaß, den sie hatten, vergaßen sie völlig die Zeit. Als Marion schließlich fragte: »Wie spät haben wir es eigentlich?«, sah Jessica erschrocken auf die Uhr. Aber dann entspannten sich ihre Gesichtszüge schnell wieder, denn es war erst kurz nach neun.

»Trotzdem sollten wir uns beeilen«, erklärte Marion und bezahlte. »Schließlich laufen wir mindestens zehn Minuten bis zur S-Bahn, und wie lange wir zum Bahnhof und Gleis dreiundzwanzig brauchen, wissen wir nicht.«

Das sah Jessica ein, und so rannten sie bis zur Haltestelle am Marienplatz. Sie hatten Glück, denn gerade als sie dort ankamen, fuhr die S-Bahn ein.

»Können wir die nehmen, Marion?«

»Wir müssen, denn es wird verdammt knapp.«

Alles ging so weit gut, um einundzwanzig Uhr vierzig standen sie am Gleis dreiundzwanzig – nur leider kein Zug weit und breit.

»O nein, ist der etwa zu früh abgefahren?«, fragte Jessica entsetzt.

»Glaube ich nicht, lass uns auf dem Fahrplan nachsehen.«

Jessica ging zur großen Fahrplantafel hinüber und erschrak.

»Dieser Zug fährt heute ausnahmsweise von Gleis drei-ßig ab. Wo ist denn das?«

»Wenn ich das richtig in Erinnerung habe, im Nordflü-gel. Dann nichts wie los, aber im Galopp«, sagte Marion und spurtete los.

Als die beiden im Eiltempo am richtigen Gleis anka-men, sahen sie nur noch die Rücklichter des Regional-expresses, der gerade die Bahnhofshalle verließ.

»Was machen wir jetzt?«, fragte Jessica schnaufend und ging zum Servicemitarbeiter an einem Stand.

»Uns ist der letzte durchgängige Zug nach Röthenbach im Allgäu vor der Nase davongefahren. Gibt es vielleicht noch eine Verbindung mit Umsteigen?«

»Meine Damen«, begann der Eisenbahner wichtigtue-risch. »Wenn Sie Lust haben, in Buchloe umzusteigen und dann in Kempten gute drei Stunden auf den Früh-zug zu warten, ja. Ansonsten empfehle ich Ihnen, sich im Bahnhofshotel ein Zimmer zu nehmen und morgen früh bei guter Zeit zu fahren.«

»Wann geht der denn?«, fragte Marion.

»Der erste um fünf Minuten vor fünf auf Gleis drei-zehn und der nächste um kurz vor sieben auf demselben Gleis.«

»Und wo ist das Hotel?«

»Gar nicht weit von hier. Gleich gegenüber vom Süd-ausgang. Das sind nicht mal zehn Minuten Fußweg.«

»Diese Züge halten doch auch in Pasing, oder?«

»Ja, von dort fährt er um fünf Uhr eins oder sieben Uhr eins auf Gleis fünf.«

»Vielen Dank.«

»Bitte schön, die Damen.«

»Du hast doch was Bestimmtes im Kopf«, meinte Jessica, als der Servicemitarbeiter sich entfernt hatte. »So gezielt, wie du danach gefragt hast.«

»Ja, ich kenne direkt am Pasinger Bahnhof ein kleines Hotel. Da habe ich schon mal gewohnt, als ich beruflich hier war. Es ist zwar nicht das Intercityhotel, aber dafür kostet es auch nur die Hälfte. Wenn wir wirklich morgen um fünf den Zug nehmen wollen, können wir dort zwei Einzelzimmer ohne Frühstück bekommen und haben nur drei Minuten Fußweg bis zum Gleis.«

»Alles klar, machen wir das so.«

Keine fünfzehn Minuten später standen sie vor dem Hotel, das wirklich nicht den modernsten Eindruck machte, und gingen schnell hinein. Marion läutete an der Rezeption, und es dauerte eine ganze Weile, bis der alte Portier endlich aus dem Hinterzimmer geschlurft kam.

»Was kann ich für Sie tun?«, fragte er.

»Wir brauchen zwei Einzelzimmer ohne Frühstück, denn wir haben unseren Zug verpasst und müssen früh um fünf schon weiter.«

»Einzelzimmer habe ich zurzeit keine frei, aber nehmen Sie doch ein Doppelzimmer. Ich sehe das nicht so eng. Allerdings müsste ich dann gleich kassieren. Ein Doppelzimmer mit Dusche macht siebzig Euro.«

Während Marion bezahlte und fragte: »Ist die Bar noch geöffnet?«, hatte Jessica alle Mühe, ein Kichern zu unterdrücken.

»Bis eins ist noch auf.«

»Danke.«

Sie gingen zur Treppe, die in die oberen Stockwerke führte. Als sie im ersten Stock waren, konnte Jessica nicht mehr an sich halten: »Du … Marion, der Alte hat … hat uns doch glatt für ein Liebespaar gehalten, haha!«

Ganz so falsch lag der gute Mann auch nicht, dachte Marion, *zumindest wenn es nach mir geht.* Und laut sagte sie: »Wollen wir denen in der Bar ein bisschen Komödie vorspielen und so tun, als wären wir eines?«

»Gute Idee!«, erklärte Jessica grinsend, während sie das überraschend gut möblierte Zimmer betraten, schob dann aber schnell nach: »Nein, um Gottes willen nicht. Mir war das eben schon so was von peinlich. Mich in die Bar zu setzen und so zu tun, als wären wir ein Paar, nein, das könnte ich nicht. Da würde ich vor Scham glatt im Erdboden versinken. Lass uns lieber noch zwei Flaschen Bier und eine Flasche Wasser aufs Zimmer holen.«

»Okay«, sagte Marion säuerlich lächelnd, denn allzu viel Hoffnung für die Zukunft machte ihr Jessicas Äußerung nicht gerade. Dann ging sie noch mal hinunter. Als sie zurückkam und die Getränke auf den kleinen Tisch vorm Bett abstellte, hörte sie am Rauschen der Dusche, dass Jessica sich frisch machte.

Gute Idee, dachte Marion, wollte Jessica nun endlich reinen Wein einschenken, zog sich aus und ging ebenfalls ins Bad.

Jessica fuhr herum, riss im Reflex das Badetuch vom Halter, sprang aus der Dusche, schlang es sich um ihren Körper und verließ das Bad. Da verließ Marion der Mut. Sie stellte sich unter die nun freie Dusche und ließ das

Wasser bestimmt fünf Minuten lang auf ihren Körper niederprasseln, um dadurch wieder zur Ruhe zu kommen.

Hoffentlich hatte Jessica trotz allem keinen Verdacht geschöpft, denn dann wäre ihr Traum wohl schon jetzt zu Ende.

Aber als Marion aus der Dusche kam, saß Jessica in Unterwäsche am Tisch, hatte bereits die Bierflaschen geöffnet und eingeschenkt.

Sie hielt Marion ein Glas entgegen und sagte: »Prost.«

Marion nahm es dankbar entgegen und sagte vorsichtig: »Du, Jessica, entschuldige. Ich wollte dir nicht zu nahetreten, ich habe mir einfach nichts dabei gedacht.«

»Schon gut, aber ich bin da etwas zickig. Ja, ich weiß, was ist schon dabei, wenn Freundinnen sich auch mal nackt sehen? Du musst aber verstehen, meine Eltern haben mich nicht so freizügig erzogen wie dich wahrscheinlich deine.«

Das ist grade noch mal gut gegangen, dachte Marion erleichtert und ließ Jessica in ihrem Glauben. Dann prosteten sie sich erneut zu, tranken die Bierflaschen leer, teilten sich das Wasser und gingen zu Bett.

»Willst du morgen, wenn wir in Lindenberg zurück sind, erst mal ausschlafen?«, fragte Marion.

»Nein, wieso? Wir haben doch im Zug Zeit dafür.«

»Ach, jetzt willst du nicht schlafen?«, fragte Marion und war auf einmal glockenhell wach. Eine Welle freudiger Erregung erfasste sie. Wollte Jessica am Ende doch …

»Schau doch mal auf die Uhr. Außerdem, willst du denn verschlafen und noch später in Lindenberg sein?«

»Scherzkeks«, gluckste Marion vergnügt, »dann gehen wir eben noch mal ins Hofbräuhaus.«

»Dir ist echt nicht mehr zu helfen«, murmelte Jessica bereits im Halbschlaf, drehte sich auf die andere Seite und schaltete das Licht aus.

Marions gute Laune sank in Sekundenbruchteilen unter den Nullpunkt, denn jetzt, da das Licht gelöscht war, litt sie still darunter, Jessica so nahe zu sein und sie trotzdem nicht streicheln und liebkosen zu dürfen.

Aber auch Jessica verstand die Welt nicht mehr. Zeitlebens hatte sie sehr darunter gelitten, dass ihr ihre Nacktheit unangenehm war. Es hatte sie schon immer enorme Überwindung gekostet, sich unbekleidet zu zeigen. Deshalb hatte sie selbst Dominik nur ganz selten bei guter Beleuchtung nackt zu sehen bekommen. Selbst miteinander geschlafen hatten sie meistens im Dunkeln. Aber vorhin, als Marion ins Bad gekommen war, war sie nicht aus diesem Grund geflohen – sondern weil sie darüber erschrocken war, dass ihr die eigene Nacktheit weit weniger unangenehm gewesen war als sonst.

Nun ja, sagte sie sich nach kurzem Nachdenken. *Vielleicht kommt es daher, dass wir seelenverwandt sind,* und schlief ein.

Erst lange nach ihr fand auch Marion ein wenig Ruhe.

11.

Höhenrausch

Nachdem Marion und Jessica es tatsächlich geschafft hatten, ohne Wecker um halb fünf aus den Federn zu kommen, wurde es am Bahnhof noch einmal knapp, weil sie für den neuen Tag noch ein Ticket ziehen mussten und vor dem Automaten eine ellenlange Schlange stand. Aber schließlich gelang es ihnen doch noch, den Zug zu erreichen.

Vermutlich hatte so mancher Fahrgast an diesem Tag seinem Zug hinterhergesehen.

Sie hatten im ersten, noch nicht so stark frequentierten Pendlerzug schnell eine leere Sitzgruppe gefunden und waren, wen wundert's, sofort wieder eingeschlafen. Deshalb bekamen sie von der Fahrt kaum etwas mit, und als sie die Augen fast zeitgleich wieder öffneten, lief der Zug gerade in Immenstadt ein.

»Jetzt sollten wir aber wach bleiben«, riet Marion, »wir sind bald da.«

Jessica blinzelte verschlafen in die helle Morgensonne, die durch das Zugfenster hereinschien. »Im Grunde habe ich auch ausgeschlafen«, meinte sie. »Was schlägst du für heute vor?«

»Vor allem eine gemütlichere Tour. Was hältst du davon, mit einer Bergbahn irgendwo hochzufahren?«

»Gerne, aber für dich ist das doch nichts, oder?«

»Aber da könnte ich dir beweisen ...« *wie sehr ich dich liebe,* hätte sie beinahe gesagt, konnte sich aber gerade noch beherrschen. Stattdessen sagte sie: »... dass ich mich auch zusammennehmen kann.«

»Das musst du mir nicht beweisen, das glaub ich dir auch so. Treffen wir uns um elf?«

»Machen wir. Überlege dir bitte bis dahin, auf welchen Berg du möchtest. Jetzt müssen wir gleich raus.«

Tatsächlich verringerte der Zug in dem Moment seine Geschwindigkeit und fuhr in Röthenbach ein, wo Marions Auto sich bestimmt schon freute, sie endlich wiederzusehen. Marion, die als Erste ausgestiegen war, reichte Jessica die Hand, da sie neben unzähligen Stoffbeuteln noch eine große, mit München-Motiven bedruckte Tasche umhängen hatte, die sie unbedingt haben wollte. Endlich stand auch Jessica auf dem Bahnsteig, atmete tief durch und sagte: »Geschafft.«

Kaum eine halbe Stunde später, Jessica war inzwischen vor ihrem Hotel abgeladen, wo sie gleich frühstücken gehen wollte, hielt Marion vor ihrem eigenen Hotel an. Auch sie frühstückte eine Kleinigkeit und ging dann hinauf in ihr Zimmer, um zu duschen und vor allem in Ruhe nachzudenken. *So kann es unmöglich weitergehen,* grübelte sie, während sie sich auszog, *irgendwann verplappere ich mich.* Der Druck wurde ständig größer. Es hatte keinen Sinn, sie würde Jessica alles sagen, sowie eine günstige Gelegenheit da war. Ob heute oder morgen, das würde sich ergeben. Nur wie sollte sie das anstellen, ohne sie zu sehr zu verschrecken? Marion wusste ja nicht mal, wie sie darauf reagieren würde. *Empfindet sie vielleicht das Gleiche für mich? Ist es ihr egal? Oder wird sie am Ende sogar noch böse? Nun, man wird sehen.*

Sie stellte sich unter die Dusche und während der lauwarme Wasserstrahl auf sie herunterprasselte, hatte sie plötzlich eine Erleuchtung.

»Genau, so mache ich es«, rief sie laut gegen das Rauschen des Wassers an und stellte die Dusche ab.

Schnell zog sie sich an, ging zum Auto und fuhr die wenigen Meter, um Jessica abzuholen.

Jessica stand bereits draußen – eine Viertelstunde zu früh. Sie freute sich, dass Marion so zeitig kam, und begrüßte die Freundin überschwänglich.

Jessica stieg schnell ein, und Marion fragte: »Wo soll ich hinfahren?«

»Willst du immer noch in luftige Höhen hinauf, oder hast du dir's inzwischen anders überlegt?«

»Da gibt's nichts zu überlegen«, sagte Marion eine Spur zu schnell.

»Okay, dann lass uns nach Bregenz fahren. Der Pfänder ist nicht gar so hoch, und außerdem ist es eine Kabinenseilbahn. Solltest du wirklich noch kalte Füße bekommen, können wir auch mit dem Auto hinauffahren und dort laufen. Es gibt auch jede Menge Gasthäuser, um Rast zu machen.«

»Das hört sich gut an. Aber du wirst sehen, ich kneife nicht. Runter können wir meinetwegen auch laufen, aber hoch wird gefahren.« Dann gab Marion ihrem roten Flitzer die Sporen.

Eine halbe Stunde später standen sie bereits auf dem Parkplatz der Talstation. Beim Anblick der Gondeln, die sich steil den Hang hinaufbewegten, wurde es Marion dann doch noch ziemlich mulmig. Aber sie biss die Zähne zusammen und sagte nichts. Was sollte schon groß passieren? Schließlich fuhren jeden Tag Tausende von Touristen mit der Pfänder Bergbahn und blieben unversehrt. Beim Lösen der Tickets war Marion noch erstaunlich ruhig. Erst als sie die Gondel betraten und die Tür sich hinter ihnen schloss, begann sie zu zittern. Sie hatten das Pech, dass gerade in diesem Augenblick nur wenige hinaufwollten. So hatten sie die Gondel für sich alleine – was Marion in einer anderen Situation genossen hätte. Aber dass der Ausblick nach unten nicht durch andere Mitfahrer verstellt wurde, war für sie schlimmer, als dicht gedrängt in der Kabine zu stehen. Hilfesuchend griff sie nach Jessicas Hand und sah ihre Freundin mit kläglichem Blick an.

Jessica wurde klar, dass sie nun die Stärkere sein musste. Sie hielt Marions Hand fest umklammert, und mit jedem Meter, den die Gondel sich hinaufschob, begann Marion mehr zu zittern. Jessica, die diese Fahrt eigentlich hatte genießen wollen, merkte nun, wie elend es Marion ging, und sie widmete ihre ganze Aufmerksamkeit ihr.

Hätte ich geahnt, wie sehr ihr das an die Nieren geht, hätte ich nie vorgeschlagen, hier hochzufahren, dachte sie. Aber laut sagte Jessica: »Da ich gerne noch öfters mit dir in den Urlaub fahren würde, verspreche ich dir, das Wort Bergbahn nie mehr zu erwähnen. Du brauchst also in keine mehr einzusteigen.«

Was hatte sie da gesagt?, durchfuhr es Marion siedend heiß, die trotz der Qualen genau zugehört hatte. *Das heißt zumindest, dass sie eine langfristige Freundschaft mit mir wünscht. Wenn sie nur in meiner Nähe ist, dann geht es mir gut. Ich werde ihr nichts von meiner Liebe sagen, denn das Risiko, sie zu verlieren, wäre einfach zu groß.*

Diese Erkenntnis ließ Marion augenblicklich etwas ruhiger werden. Als die Gondel oben angekommen war, führte Jessica ihre Freundin hinaus an die frische Luft. Von dem, was in Marion vorging, schien sie nichts zu bemerken.

Bis zum Panorama-Restaurant waren es noch gut hundert Meter, und so schlenderten die beiden Frauen, die ganz bewusst nur wenig gefrühstückt hatten, in diese Richtung. Auf der Terrasse wurde zu ihrem Glück gerade ein Tisch am Geländer frei, sodass sie erst mal ein wenig das Bodensee-Panorama genießen konnten. Jetzt, da Marion wieder festen Boden unter den Füßen hatte, machte ihr die Höhe nichts mehr aus.

Nachdem sie eine Weile schweigend die geradezu atemberaubende Schönheit genossen hatten, fragte Marion: »Da wir übermorgen beide abreisen müssen und es für mich kaum ein Umweg ist, kann ich dich gerne mitnehmen und zu Hause ausladen. Dann brauchst du nicht mit dem Zug zu fahren und auch keinen Koffer zu schleppen. Was hältst du davon?«

»Danke, das Angebot ist nett von dir, aber ich habe meine Fahrkarte doch schon«, antwortete Jessica.

»Die kann man doch zurückgeben.«

»Stimmt«, sagte Jessica und stand schnell auf. »Ich

glaube, hier ist Selbstbedienung. Ich hole uns was zu essen. Was willst du denn haben?«

Auf Marions Angebot ging sie nicht weiter ein.

Auch Marion beschloss, vorerst nicht darauf zurückzukommen, und erklärte: »Ich nehme Wiener Schnitzel mit Salzkartoffeln und Gemüse und dazu eine große Cola.«

»Gute Idee, das nehme ich auch. Bleib du lieber hier sitzen und halt den Tisch frei.«

Während Jessica in die Wirtsstube ging, fragte Marion sich, warum sie nicht mit ihr zurückfahren wollte. Schämte sie sich für sie? Wollte sie nicht, dass die Eltern sie sahen? Oder hatte sie am Ende gar gemerkt, dass Marion sie vergangene Nacht in München, während sie schlief, auf die Stirn geküsst hatte? O nein, hoffentlich nicht, dachte Marion fast schon panisch und konnte auf einmal keinen klaren Gedanken mehr fassen.

Im nächsten Augenblick kam Jessica schwer beladen mit einem riesigen Tablett zurück. So freundschaftlich, wie sie ihr schon von Weitem zulächelte, konnte sie unmöglich was gemerkt haben. Gott sei Dank.

Dann waren die trüben Gedanken auch schon vergessen. Sie aßen und plauderten bestimmt eine Stunde lang, bis Jessica sagte: »Wenn wir wirklich runterlaufen wollen, sollten wir uns jetzt entscheiden, ob wir den längeren oder den beschwerlicheren Weg nehmen.«

»Welchen Unterschied gibt es da?«

»Der längere führt über die Straße und kommt ganz woanders raus, sodass wir eine Station mit dem Zug fahren müssen, um zum Auto zu kommen.«

»Und der andere?«

»Führt im Prinzip unter der Seilbahn entlang, ist bedeutend steiler und schmaler, dafür aber auch um einiges kürzer.«

»Gibt's da auch noch mal was zum Einkehren unterwegs?«

»Wenn ich die Karte richtig deute, ist nach einem Drittel der Strecke ein kleines Gasthaus eingezeichnet.«

»Prima, dann machen wir das. Zum Glück haben wir ja festes Schuhwerk an.«

So marschierten die beiden Frauen los und kamen zunächst auch besser voran als vermutet. Doch dann ging es immer steiler bergab, und der Pfad wurde zusehends schmaler. Nun war es Jessica, die zittrige Knie bekam. Marion war froh, sich für den bergauf empfangenen Zuspruch revanchieren zu können, und führte nun Jessica an den immer zahlreicher werdenden Stellen, an denen der Pfad kaum breiter als vierzig Zentimeter war und der Abhang sehr steil, sicher nach unten.

Zu allem Überfluss hatte die bewirtschaftete Hütte an der Strecke ihren Ruhetag, sodass sie, als der Weg endlich weniger beschwerlich wurde, auf einem Felsen Rast machen mussten, ohne etwas zu trinken.

»Weißt du was?«, fragte Marion plötzlich.

»Was denn?«

»Wir sehen zu, dass wir jetzt ganz schnell hinunterkommen, fahren nach Lindenberg zurück und gehen heute Abend zum Griechen. Was hältst du davon?«

»Spitzenidee, wo nimmst du die eigentlich immer her?«, fragte Jessica grinsend und stand schnell auf.

Sie gingen zügig auf dem immer noch recht steilen

Pfad weiter, dennoch dauerte es fast eine Stunde, bis sie sich völlig geschafft und verschwitzt in die Autositze fallen ließen.

Vor dem griechischen Restaurant begrüßten sie sich, als hätten sie sich sechs Wochen nicht gesehen. Sie nahmen an einem der wenigen Fenstertische Platz, die noch nicht reserviert waren, und studierten die Speisekarte.

»Erst mal Prost«, sagte Marion wenig später zu Jessica, »ich habe Durst.«

»Ich allerdings auch, nach der Tour! Eigentlich sollte es doch ein gemütlicher Tag werden. So was sollten wir uns nicht noch mal antun, zumal morgen für uns beide der letzte Urlaubstag ist.«

»Da hast du recht.«

»Weißt du schon, was du isst?«

»Einen Vorspeisenteller und dann den Grillteller«, sagte Marion schnell und sah Jessica an.

»Vielfraß«, entrüstete Jessica sich. »Schafft du das denn alles?«

»Der Abend ist doch noch lang.«

»Auch wieder wahr.« Dabei nahm sie einen großen Schluck Demestica.

Während sie ihren Vorspeisenteller gemütlich verzehrten, arbeitete es in Marion fieberhaft. Sie legte sich einen Plan zurecht, wie sie weiter vorgehen wollte. Dazu gehörte nun auch, Jessica zumindest vorerst nichts von ihrer Liebe zu ihr zu sagen. Dazu blieb, wenn ihr Plan aufging, immer noch Zeit.

Als sie den riesigen Vorspeisenteller vertilgt hatten und

bei einem weiteren Wein und einem Mokka als Zwischengang angekommen waren, sagte Marion: »Du hast immer noch nichts dazu gesagt, ob ich dich nach Hause fahren soll.«

Als Jessica nicht gleich antwortete, setzte Marion grinsend hinzu: »Du brauchst keine Angst zu haben, dass ich dich in Weinheim aus dem Auto werfe und du den Rest der Strecke doch noch mit dem Zug fahren musst – oder gar zu Fuß gehen.«

»Das habe ich bestimmt nicht gedacht! Aber mir ging etwas anderes durch den Kopf. Ich könnte mir vorstellen, dass meine Eltern eine Überraschung planen und mich vom Bahnhof abholen wollen. Was glaubst du, was los ist, wenn ich dann nicht mit dem Zug ankomme?«

»Das ist ein gutes Argument, daran habe ich nicht gedacht«, stimmte Marion zu.

»Außerdem finde ich, dass es einer Freundschaft nicht guttut, wenn einer immer nur gibt und der andere ständig nimmt. Da ich an einer längerfristigen Freundschaft mit dir interessiert bin, möchte ich es nicht riskieren, dass du mich quasi unterstützen musst. Wenn ich erst mal wieder einen Job habe und mich bei dir revanchieren kann, ist das was ganz anderes.«

»Na, das war doch mal 'ne flammende Rede«, sagte Marion schnippisch und fügte dann hinzu: »Ganz so uneigennützig, wie es sich vielleicht angehört hat, war mein Vorschlag auch nicht gemeint.«

»Ach so, die Woche, die ich bei dir arbeiten muss«, sagte Jessica nüchtern.

»Moment mal, müssen tust du gar nichts«, erklärte

Marion nun ihrerseits bestürzt. »Ich hätte dir die dreihundert Euro auch gern geschenkt, wenn du mich nur lassen würdest. Aber eigentlich wollte ich dir noch einen ganz anderen Vorschlag machen.«

»Und der wäre?«

»Das möchtest du jetzt doch gerne wissen, was?«, meinte Marion grinsend, und als sie in Jessicas angespanntes und fragendes Gesicht blickte, sagte sie schnell: »Ich habe mir Folgendes gedacht. Wir fahren bei dir vorbei, du nimmst frische Wäsche mit …«

»… und lade die dreckige bei meinen Eltern ab«, vollendete Jessica den Satz.

»Nein, genau das meine ich nicht. Deine Eltern würden sich schön bedanken, wenn du nur kommst, um Dreckwäsche zu bringen, und gleich wieder verschwindest. Das bisschen Wäsche machen wir bei mir.«

»Stimmt, wenn ich gleich wieder mitkäme, wäre das einerseits die bessere Lösung …«, erklärte Jessica zustimmend, jedoch auch etwas skeptisch. »Aber geht das denn so einfach?«

»Klar doch. Du nimmst dir frische Wäsche für ein oder zwei Wochen mit und kommst mit zu mir.«

»Hast du denn genügend Platz?«

»Habe ich das noch nicht erzählt? Ich habe ein Haus in Weinheim gekauft. Sechs Zimmer, zwei Bäder und ein riesiger Garten, aus dem man mit genügend Zeit ein wahres Schmuckstück machen könnte. Leider bin ich in den letzten Jahren nicht dazu gekommen. Da sieht es vielleicht aus … Deshalb wollte ich dich fragen, da du doch einen Job suchst, ob du das nicht vielleicht übernehmen willst. Keine Angst, du brauchst nicht selbst Hand anzulegen, das übernimmt der örtliche Gärtnereibetrieb – nur planen und das Ganze überwachen wäre deine Aufgabe. Eine meiner Angestellten geht schon in drei Monaten in den Mutterschaftsurlaub, und bis sie zurückkommt, ist Uschi in Rente. Du siehst, ich suche also nicht nur jemand mit Geschmack, der mich bei meinem Garten unterstützt, sondern auch händeringend jemanden im Laden. Überlege dir das bitte schnell, ob du dir das mit dem Garten zutraust, bei mir im Laden arbeiten möchtest oder vielleicht sogar beides.«

Im ersten Impuls wollte Jessica hurra schreien, aber dann verdüsterte sich ihre Miene. »Zwei Freundinnen, von denen eine die Chefin und die andere die Angestellte ist?«, sagte sie. »Das geht doch auf Dauer nicht gut. Da bleibt die Freundschaft früher oder später auf der Strecke.«

Wenn wir erst mal beim Standesamt eingetragen sind, gibt es keine Chefin und Angestellte mehr, nur noch Partner, hätte Marion am liebsten gesagt. Aber sie hatte sich gut im Griff, denn sie war bereits auf diesen Einwurf vorbereitet.

»Deshalb würde es mich freuen, wenn du erst mal meinen Garten gestaltest. Ich lasse dir da völlig freie Hand, auch finanziell. Du bist also quasi eine Unternehmerin, die für mich den Garten anlegt. Wenn du darüber hinaus morgens, völlig unverbindlich, zwei Stunden im Laden aushelfen würdest, könntest du sehen, ob und wie es mit uns läuft. Wenn du merkst, es geht gar nicht, dann honoriere ich dir deine Arbeit im Garten angemessen, und du hast ein Startkapital, um in Rüsselsheim, Groß-Gerau oder anderswo ganz neu anzufangen.«

»Das heißt, ich soll erst mal zu dir nach Weinheim ziehen?«

»Das wäre zumindest nicht schlecht. Wenn du bei mir im Laden bleibst, kannst du dir später eine Wohnung nehmen.«

»Darf ich mir das noch mal überlegen?«

»Natürlich, das sind ja weitgreifende Entscheidungen. Aber bitte brauch nicht allzu lange dafür. Für den Teil der Vereinbarung, der den Garten betrifft, kannst du dir Zeit lassen, aber im Laden brauche ich bis in drei Monaten unbedingt jemanden, der vorher schon eingearbeitet sein sollte. So – nun aber zu etwas ganz anderem. Wenn ich mich recht erinnere, hast du morgen Geburtstag, das stimmt doch?«

»Allerdings, ich werde fünfunddreißig.«

»Dann schenke ich dir einen Ausflug nach Meersburg. Du hast alles frei. Gegessen wird dort, wo du es willst. Außerdem kannst du dir Souvenirs kaufen, so viel wie du willst. Das ist Teil deines Geburtstagsgeschenks.«

»Marion, womit habe ich so eine gute Freundin wie dich eigentlich verdient?«, fragte Jessica und hatte dabei Tränen der Rührung in den Augen.

12.

Meersburger Katastrophe

Am nächsten Morgen beim Frühstück war Jessica noch immer ganz verwirrt von Marions Vorschlag. Sie hatte die ganze Nacht darüber nachgedacht, ob sie ein derart großzügiges Angebot überhaupt annehmen könnte. Einerseits freute sie sich ungemein darüber, dass Marion ihr eine solch anspruchsvolle Aufgabe, wie einen Garten zu gestalten, überhaupt zutraute, andererseits machte es sie misstrauisch. Immerhin kannten sie sich erst seit gerade einmal fünf Tagen näher. Außerdem schienen, wenn Jessica genauer darüber nachdachte, ihre vorherigen, nicht ganz so harmonischen Zusammentreffen zwar auf den ersten Blick rein zufällig gewesen zu sein, aber gleich in dieser Häufung? Je länger Jessica über alles nachdachte, umso misstrauischer und verwirrter wurde sie.

Welche Pläne verfolgte diese Frau? Was hatte sie vor? Wer sagte ihr, dass alles, was Marion von sich erzählt hatte, auch wirklich stimmte? War sie am Ende nur eine Hochstaplerin, die ganz gezielt irgendeinen perfiden Plan verfolgte?

Andererseits konnte aber die Rettung auf Mainau nicht inszeniert gewesen sein, denn darauf, dass der Ast mit einer solchen Wucht herunterknallen würde, konnte Marion nun wirklich keinen Einfluss genommen haben. Dass der Ast sie nicht erschlagen hatte und so nur die Rückenlehne der Bank zertrümmerte, war eindeutig Marions Verdienst. Wäre sie ihr nicht zu Hilfe gekommen … Außerdem hatte Marion in den letzten Tagen sehr viel Geld in ihre gemeinsame Freizeitgestaltung investiert – und wusste doch, dass bei ihr oder ihren Eltern nicht viel zu holen war …

Jessica riss sich fast schon wütend aus ihren düsteren Fantasien und bestrich ihr drittes Brötchen fingerdick mit Marmelade. »Warum soll denn nicht alles wirklich so sein, wie es Marion gesagt hat?«, fragte sie sich dabei bestimmt schon zum zehnten Mal, ohne sich jedoch ganz beruhigen zu können. Sie sah auf ihre Armbanduhr.

Ach, du meine Güte, durchfuhr es sie. *In einer knappen halben Stunde kommt sie schon. Wenn sie wirklich nur meine Freundin sein möchte, dann wird sie mein Misstrauen ganz bestimmt bemerken und auch kränken, aber es hilft nichts. Ich muss auf der Hut bleiben.*

Als sie das Frühstück beendet hatte, kam ihr eine Idee. Wie hieß ihre beste Mitarbeiterin angeblich? Uschi? Wie? Ach ja, Ursula Klinger.

Sie wählte auf ihrem Handy die Nummer der Auskunft, ließ sich die Nummer von Marions Blumenlädchen in Viernheim geben und sogleich weiterverbinden.

So weit stimmte das mal, den Laden gab es wirklich. In diesem Moment wurde auf der Gegenseite abgenommen: »Marions Blumenlädchen, Anja Krause am Apparat. Was kann ich für sie tun?«

»Mein Name ist Wenzel, ist Frau Klinger im Laden?«

»Nein, sie ist in der Filiale in Weinheim. Worum geht es denn? Kann ich vielleicht weiterhelfen?«

»Nein, es geht um ein ganz besonderes Blumenarrangement«, log Jessica dreist. »Da wissen nur Frau Klinger und die Chefin Bescheid.«

»Das ist sonderbar, dass beide mir nichts davon gesagt haben. Sind Sie sicher, dass Sie das bei uns bestellt haben?«

»Allerdings, bei Ihrer Chefin. Das ist doch eine zierliche Dame, vielleicht eins fünfundsechzig groß. Anfang bis Mitte vierzig und dunkle Haare?«

»Genau, aber die Chefin ist zurzeit im Allgäu im Urlaub und kommt in drei Tagen zurück. Vielleicht rufen Sie dann noch mal an.«

»Ich werde dann mal selbst vorbeikommen. Sie sind doch in der … äh, Weinheimer Straße?«, erfand Jessica schnell einen Straßennamen, um aus dieser Nummer, ohne aufzufallen, wieder herauszukommen.

»Nein, unser Geschäft ist in der Fußgängerzone. In der Weinheimer Straße gibt es meines Wissens keinen Blumenladen.«

»Oh, entschuldigen Sie bitte. Dann hat mein Mann bestimmt was durcheinandergebracht«, log Jessica weiter. »Ich werde ihn nochmals fragen, wenn er von der Arbeit kommt. Vielen Dank erst mal.«

Dann legte sie schnell auf. Marions Angaben schienen also zu stimmen. Dann war sie wahrscheinlich doch das, was sie vorgab zu sein. Eine ganz normale Frau eben.

Sie wollte gerade aufstehen, da sah sie beim Eingang

zum Frühstücksraum lässig an der Wand gelehnt Marion stehen. Was hatte sie von dem Gespräch mitbekommen?«

Marion lächelte sie freundlich an, fragte: »Können wir?«, und benahm sich wie immer.

Das ist ja gerade noch mal gutgegangen, dachte Jessica. Es wäre ihr äußerst unangenehm gewesen, hätte Marion etwas davon mitbekommen, dass sie ihr nachspioniert hatte. Sie hoffte, dass die Freundin ihre Scham nicht bemerkte.

Marion gratulierte Jessica erst einmal zum Geburtstag, und wenig später saßen die beiden Frauen in dem Cabriolet und brausten dem Bodensee entgegen. Marion ging glücklicherweise mit keiner Silbe auf das Telefonat ein, und das war ihr auch ganz recht so. Sie hatte sich zwar die Ausrede zurechtgelegt, dass sie mit den Eltern telefoniert hatte, aber Jessica hätte Marion jetzt, da sie fast sicher war, dass die es vollkommen ehrlich meinte, nur sehr ungern angelogen.

Es war ein sonniger und warmer erster September, und Marion hatte, kaum dass sie die Allgäuhöhen verlassen hatten, das Verdeck geöffnet. Während sie und Jessica den Wind in ihren Haaren spielen ließen, kam Jessica ihr morgendliches Misstrauen unsinniger denn je vor. *Wie konnte ich mich nur dazu herablassen zu spionieren,* dachte sie und ihre gute Laune sank auf den Nullpunkt. Wenn das herauskommt, ist Marion mit Recht sauer.

Genau in diesem Moment fragte Marion: »Jessica, was ist denn mit dir? Du hast doch heute Geburtstag! Es ist ein herrlicher Tag, und wir werden nur Schönes erleben. Zieh doch nicht so ein Gesicht! Wir sind bald da.«

Dankbar und erleichtert lächelte Jessica ihre Freundin an, die in diesem Moment auf ein Straßenschild zeigte, auf dem stand: Meersburg acht Kilometer. Wenige Minuten später konnten sie die Bundesstraße verlassen. Schon als sie sich dem Stadtrand näherten, war beiden klar, dass sie genau das richtige Ausflugsziel für den letzten Urlaubstag gewählt hatten. Die Altstadt thronte zum größten Teil auf einem Höhenrücken hoch über dem See, zog sich aber auch hinunter bis ans Ufer.

»Marion, da ist ein Parkplatz«, rief Jessica euphorisch aus, aber Marion erklärte: »Lass uns erst mal nach unten fahren. Wenn wir dort nicht vernünftig parken können, fahren wir wieder hoch.«

Gesagt, getan. Marion steuerte ihr Auto die kurvige Straße bis zum Fährhafen hinunter, und tatsächlich gab es dort unweit des Unterstadttores einen großen und gar nicht mal teuren Parkplatz. Die beiden Frauen stiegen aus, und Marion hätte fast vergessen das Verdeck zu schließen, wenn Jessica sie nicht darauf aufmerksam gemacht hätte.

Hätte sie geahnt, was in Marion wirklich vorging, sie wäre nicht so gelöst geblieben. Denn Marion hatte sehr wohl mitbekommen, dass Jessica ihr hinterherspioniert hatte, und es schmerzte sie sehr.

Dennoch hatte sie sich aus Liebe vorgenommen, wortlos darüber hinwegzusehen.

»Ach ja«, sagte sie deshalb kurz, schluckte den Kloß im Hals hinunter und erklärte: »Komm, lass uns in die Stadt gehen und uns nach einem schönen Lokal zum Mittagessen Ausschau halten. Ich bekomme langsam ganz schön Kohldampf.«

Schon?, dachte Jessica. *Wir haben doch erst elf.*

Sie ahnte nicht, dass Marion nur etwas sagen wollte, um sich abzulenken, egal wie unsinnig es war.

Die beiden Frauen gingen am Fährhafen entlang und über den Bismarckplatz zum Unterstadttor hin. Obwohl Jessica vor rund dreiundzwanzig Jahren mit ihren Eltern und dem Bruder schon einmal hier gewesen war, konnte sie sich fast nicht mehr daran erinnern. Sie war aber bereits jetzt so sehr von der Schönheit der Stadt überwältigt, dass sie mehr fotografierte als im gesamten restlichen Urlaub, wenn man vielleicht von Mainau absah. In den Souvenirgeschäften hielt sie sich allerdings auffallend zurück.

Etwas später gingen sie durch eine kleine Seitengasse zur Seepromenade hin, und Marion, die noch nie in Meersburg gewesen war, rief begeistert aus: »Mensch, hier ist es fast wie am Gardasee. So schön habe ich es mir nicht vorgestellt.«

»Wunderschön«, sagte auch Jessica und freute sich doch noch, hierhergekommen zu sein. Der farbenprächtig mit Blumen und Palmen verzierte Promenadenweg mit seinen weißen Bänken und dem tiefblauen See wirkte tatsächlich fast schon mediterran.

»Wollen wir uns für einen Moment hierhersetzen, auf den See hinausblicken und das Ganze auf uns wirken lassen?«, fragte Marion.

»Nichts lieber als das – aber ich dachte, du hast Hunger?«

»Der kann warten, jetzt bin ich erst mal fasziniert … Hierher nach Meersburg möchte ich irgendwann noch einmal fahren und Urlaub machen.«

»Ich auch.«

Schweigend sahen sie den Schiffen zu und setzten sich auf eine der Bänke. Als ein Raddampfer vorbeikam, auf dessen Deck eine Jazzcombo spielte, meinte Jessica: »Schade, dass wir nicht mehr Zeit haben.«

»Gefällt dir diese Musik?«

»Als Begleitung zum Frühschoppen auf dem See schon. Ich finde, das gehört irgendwie dazu. Ansonsten stehe ich mehr auf Schlager.«

»Was denn so ungefähr?«

»Das ist schwer zu beantworten, in der Regel auf Älteres aus den Siebzigern. Aber durchaus auch modernere Sachen wie zum Beispiel Claudia Jung oder Kristina Bach. Die Flippers oder Fernando Express mag ich aber auch.«

»Fernando Express, die kenne ich auch recht gut, da war ich mal auf einem Open-Air-Konzert in Mainz.«

»Das vor fünf Jahren?«

»Genau.«

»Da war ich auch. Das ist ja …«

»… allerdings sonderbar«, stimmte Marion ein und setzte hinzu: »Sonst stehe ich musikalisch auf alles aus den Siebzigern, egal ob deutsch, englisch oder italienisch. Übrigens, wenn du willst, können wir zum Reden auch weitergehen.«

»Klar doch, du hast bestimmt ganz schön Kohldampf.«

So setzten sie sich wieder in Bewegung und gingen bis zum Anleger der Personenschiffe.

Kaum waren sie um die nächste Ecke geschlendert, rief Jessica aus: »Marion, sieh doch mal da vorne die Terrasse. Wäre das nicht was für uns?«

»Das sieht toll aus«, bestätigte Marion begeistert, »von oben hat man bestimmt auch einen sagenhaften Blick auf den Bodensee.«

»Vermutlich«, stimmte Jessica zu. »Obendrein ist es auch eine Pizzeria. Dann wird es auch nicht so teuer, wenn wir etwas länger dort sitzen.«

So stiegen sie die Treppe bis zur Dachterrasse hinauf, setzten sich gleich vorne ans Geländer und sahen auf den See hinunter. Sie hatten die Promenade rund um den Schiffsanleger prima im Blick und saßen tatsächlich länger, als es vorgesehen war. Als sie nach dem dritten Espresso endlich aufstanden, war es fast halb drei.

»Ich will unbedingt noch in die Oberstadt«, meinte Jessica beim Aufstehen. »Ich habe da ein Bild vom Hotel Bären im Kopf, wo ich damals mit meinen Eltern gewohnt habe. Aber das ist dermaßen verschwommen, dass ich es gerne auffrischen würde. Außerdem müsste es doch hier bestimmt auch ein Schreibwarengeschäft geben.«

»Natürlich gehen wir in die Oberstadt, und deinen Laden finden wir auch noch. Suchst du was ganz Bestimmtes?«

»Ja, für meine Nichte zum Geburtstag.«

»Darf ich fragen, was?«

»Hm, ich weiß nicht, wie du über solch einen Schnickschnack denkst.«

»Dann sag es mir doch einfach.«

»Ein Poesiealbum, das wünscht sie sich so sehr. Aber meine Schwägerin hat dafür keinerlei Verständnis, schleppt immer wieder nur diese unsinnigen Freunde-

Bücher an und lässt an meinem Album, das sie altmodischen Kram nennt, kein gutes Haar. Aber als ich Bianca, so heißt meine Nichte, das Album aus meiner Kinderzeit gezeigt habe, war sie sofort Feuer und Flamme dafür. Das hat meiner Schwägerin ganz schön gestunken, sag ich dir. Dass Bianca und ich so ein gutes Verhältnis haben, geht ihr ohnehin gegen den Strich; sie kann mich nicht leiden und lässt mich das auch bei jeder Gelegenheit spüren. Schon allein deshalb suche ich nach einem ganz besonders schönen Album.«

»Gibt es die überhaupt noch? Ich trauere meinem noch immer hinterher, denn ich hatte auch mal so eines, bis es mir eine Schulkameradin nicht mehr zurückgegeben hat. Da waren unter anderem ganz süße Eintragungen von meinen Eltern drin.«

»Das finde ich aber schade.«

Unterdessen schlenderten Marion und Jessica nun von der anderen Seite her über die Unterstadtstraße. Ungefähr in deren Mitte gab es einen kleinen Platz gleich neben einem schön von Blumen umrankten Brunnen, von dem eine breite, aber ziemlich steile Steintreppe durch die Burgweganlage nach oben führte. Der Aufstieg war mühselig, aber selbst für Marion ohne Probleme zu bewältigen. Als sie oben ankamen, führte ein Weg zwischen einem Turm und einer ehemaligen Mühle hindurch zu einem winzigen Platz mit einem weiteren Brunnen. Dieser wiederum öffnete sich zu einer steilen Straße hin, der direkt auf den Marktplatz in der Oberstadt führte. Hier war denn auch das Hotel zum Bären.

»Das ist noch viel schöner, als ich es in Erinnerung

hatte«, rief Jessica begeistert und freute sich wie ein kleines Kind.

Angesichts dieser Freude war Marion bereit, das mit dem Nachspionieren glatt zu vergessen. Ihr wurde ganz warm ums Herz, als sie ihre Jessica so glücklich sah und daran dachte, dass sie vielleicht schon bald zu ihr nach Hause kommen würde.

»Komm, wir wollen weitergehen«, sagte sie euphorisch zu ihrer Freundin, die sich an der wunderschönen Fassade des Hotels nicht sattsehen konnte und das Haus aus allen Richtungen fotografierte.

»Gleich«, antwortete sie, riss sich endlich von dem Gebäude los und folgte Marion, die schon Richtung Schlossplatz weitergegangen war.

Am nächsten Souvenirgeschäft holte sie Marion wieder ein. Die beiden stürmten den Laden, kauften dies und das und gingen dann weiter. Jede von ihnen hatte inzwischen zwei Stoffbeutel in der Hand. Schließlich kamen sie beim Staatsweingut an. Hier gab es ein schönes Lokal hoch überm See mit einer herrlichen Terrasse, von der aus man einen atemberaubenden Blick über Meersburg, den See und das gegenüberliegende Ufer hatte.

»Lass uns hier noch mal einkehren und anschließend zum Auto zurück«, schlug Marion vor, und Jessica stimmte zu.

Sie hätten bestimmt keine Probleme gehabt, einen freien Tisch ganz vorne an der Steinbrüstung zu finden, denn es war vor vier und damit genau die Zeit, da das Lokal sonst am leersten war. Leider hatten sie Pech, denn es hatte Ruhetag.

»Macht nichts«, sagte Jessica, »dann genießen wir einfach die herrliche Aussicht von der Terrasse, bevor wir zurücklaufen.«

Sprach's, ging auf die große Terrasse zu und stellte sich an die Steinbrüstung.

Marion ging zu ihr hin und legte den Arm um ihre Schultern.

Jessica rechnete nicht mit dieser Vertraulichkeit, erschrak heftig und entzog sich dieser Umarmung schon fast reflexhaft. Doch das interpretierte Marion nun völlig falsch. Sie glaubte darin noch immer ein Zeichen von Misstrauen zu erkennen und zog schon deshalb verärgert ihren Arm zurück.

Als Jessica auch noch sagte: »Marion, ich fahre morgen gerne mit dir zurück, aber sei mir bitte nicht böse, nach Weinheim komme ich nicht gleich mit«, war es mit Marions Selbstbeherrschung gänzlich vorbei.

»Wieso denn nicht?«, fragte sie scharf, jedenfalls deutlich schärfer, als sie es eigentlich gewollt hatte.

Jessica sah die Freundin überrascht und erschrocken an und meinte: »Weil ich erst mal ein, zwei Tage bei meinen Eltern sein möchte, bevor ich weiterreise. Sie freuen sich doch auch, wenn ich wieder zu Hause bin, und möchten gerne wissen, wie es mir geht.«

Was für Marion unter normalen Umständen völlig logisch geklungen hätte, klang in ihren Ohren nun wie eine Ausrede, und sie sagte bitter: »Lüge mich doch bitte nicht an. Meinst du, ich bin blöde? Du misstraust mir und willst erst mal Erkundigungen über mich einholen, stimmt's?«

»Nei… nein, wieso? «stotterte Jessica, die sich völlig überrumpelt fühlte.

»Weil ich heute Morgen mitbekommen habe, dass du das bereits getan hast. Du hättest mit mir nur darüber zu reden brauchen! Ich hätte es verstanden, dass du erst mal wissen willst, woran du mit mir bist.«

»Erzähl mir bitte nicht so was«, brauste Jessica auf. »Das glaubst du doch selbst nicht. Aber denke doch auch mal kurz nach. Wenn du ehrlich zu dir selbst bist, wirst du dir eingestehen, dass du an meiner Stelle nicht anders gehandelt hättest. Wenn dich jemand, den du erst seit fünf Tagen kennst, mit Geschenken derart überhäuft und dir obendrein noch einen fantastischen Job anbietet, wärst du da nicht auch ins Grübeln geraten? Du musst auch mal mich ein bisschen verstehen.«

»Selbstverständlich wäre ich das. Aber ich hätte den anderen in einer ruhigen Minute gefragt, warum er das tut.«

»Dann hättest du mich mit Ausreden abgespeist anstatt der Wahrheit. Aber wenn du schon am Aufrechnen bist, okay. Dann mach das auch richtig von beiden Seiten aus. Du denkst wohl, nur weil ich zehn Jahre jünger bin, habe ich keinerlei Erfahrung. Meinst du, ich hätte das in der Nacht in München nicht mitbekommen, dass du mich auf die Stirn geküsst hast? Erst habe ich es für ein Versehen gehalten, aber jetzt weiß ich es besser.«

»Wie …«, stotterte Marion perplex, »du hast das mitbekommen?«

»Natürlich, so voll war ich auch nach zwei Flaschen Bier nicht.«

»Das waren vier.«

»O nein, zählen kann ich immer noch selbst. Die letzten beiden musst du noch ausgetrunken haben, denn ich habe sie nicht angerührt, und am Morgen waren die Flaschen leer. Das weiß ich hundertpro.«

Scheiße, dachte Marion, *das war ein Riesenfehler. Hoffentlich habe ich jetzt nicht alles versaut.*

Dann sah sie sie an und sagte laut: »Verzeihung, das wollte ich nicht, aber …«

»Ich verstehe, denn ich sollte nun fragen, warum du so etwas tust, oder?«

»Kannst du dir das nicht denken? Erstens, weil wir uns so gut verstehen und mittlerweile richtig gute Freundinnen geworden sind, und zweitens …«

»Wenn wir uns schon vom Sandkasten her kennen würden, hätte ich mir vielleicht nicht mal was dabei gedacht. Aber welche Freundin macht denn so was heimlich und vor allem, wenn sie die andere erst wenige Tage kennt?«

»Ich, ich mache so was!«, schrie Marion fast heraus. »Warum sollte ich denn nicht alles teilen, wenn ich … wenn ich …, verdammt noch mal, wenn ich dich liebe wie noch nie einen Menschen zuvor.«

Jetzt war es heraus. Doch wie würde Jessica darauf reagieren? Zitternd vor Angst und Anspannung wartete Marion auf eine Reaktion. Doch es kam nichts, zuerst jedenfalls.

Mit offenem Mund und regungslos stand Jessica an der Steinbrüstung, dann taumelte sie einen Schritt zurück und hielt sich an den Steinen fest. Marion glaubte schon, dass es Jessica schlecht würde, und wollte hinzuspringen, um sie aufzufangen, da erwachte Jessicas erschlaffter Körper zu neuem Leben.

Sie spannte sich, riss die Hände hoch und schrie: »Bleib mir vom Leib und geh mir aus den Augen! Ich hätte es wissen müssen, dass du nicht uneigennützig handelst. Du wolltest mich mit deinem Geld, den Geschenken und dem Job ködern, um mich in dein Bett zu ziehen. Wenn dein Plan aufgegangen wäre, wann hättest du mich denn fallen lassen? Wenn dein Garten in Ordnung gewesen wäre oder schon früher?«

Nie, ich liebe dich doch, wollte Marion sagen. Doch ein schrecklicher dicker Kloß drückte ihr die Kehle zu, sodass sie keinen Ton herausbrachte.

»Da fällt dir wohl nichts mehr zu ein, was«, schrie Jessica weiter und setzte noch einen drauf: »Hier hast du deine Souvenirs zurück, die du mir geschenkt hast. Diese Investition ist wenigstens noch nicht verloren für dich. Im Übrigen weiß ich nicht, wie du auf diese Schnapsidee kamst, ich sei lesbisch oder für deine Spielchen empfänglich. Aber lass dir eines sagen, hier hast du dich meilenweit verkalkuliert.«

Mit diesen Worten drückte sie Marion die Stofftasche in die Hand, drehte sich um und lief mit Zornestränen in den Augen davon. Zum Glück hatte sie am Morgen auf dem Weg in die Stadt aufgepasst, wo der Busbahnhof war. Sie brauchte nur durch die Oberstadt am Bären vorbei zu der großen Straße laufen, über die sie gekommen waren, und gegenüber der Post war die Bushaltestelle.

Dort angekommen wischte sie sich die Tränen aus dem

Gesicht und wunderte sich, warum es klatschnass war. Sie hatte doch gar nicht geweint oder zumindest nicht viel.

Aber was sollte sie lange darüber nachdenken. Sie musste zusehen, dass sie wieder nach Lindenberg kam. Hätte sie genügend Geld zur Verfügung gehabt, hätte sie ihre Koffer im Hotel gelassen und wäre vermutlich direkt von hier aus nach Hause zu ihren Eltern gefahren. Aber da sie so gut wie pleite war, musste sie ins Hotel zurück, wo ihr Zugticket nach Darmstadt bereitlag.

Deshalb kratzte sie ihre allerletzten Euros zusammen, löste ein Ticket für den Überlandbus nach Lindau und setzte sich hinein. In wenigen Minuten würde er starten, hatte der Fahrer gesagt, und tatsächlich setzte sich das Fahrzeug nicht einmal fünf Minuten später in Bewegung. Fast ohne es zu wollen, sah Jessica in Richtung Altstadt zurück, gerade so als erwartete sie, dass Marion von dort angerannt kam.

Rasch hatte der Bus Meersburg hinter sich gelassen und fuhr auf die große Bundesstraße in Richtung Friedrichshafen seinem Ziel entgegen. Jessica saß ganz hinten in dem fast leeren Fahrgastraum, und das gleichmäßige Vibrieren des starken Motors unter ihr beruhigte sie mit der Zeit etwas, sodass sie langsam wieder einen klaren Gedanken fassen konnte. Sie würde in einigen Tagen, wenn sie ihren Eltern ihr Erlebnis gebeichtet und sie noch mal um dreihundert Euro angepumpt hätte, Marion ihr Geld schicken. Sie wollte dieser Frau nichts schuldig bleiben.

Mit diesem Gedanken schlief Jessica ein und erwachte

erst wieder, als der Bus auf dem Bahnhofsvorplatz von Lindau hielt.

Nun kam der schwierigste Teil der Rückreise nach Lindenberg. Da sie gerade noch die zwei Euro für den Bus von Hergatz nach Lindenberg hatte, musste sie im Zug schwarzfahren. Gut, sie hätte auch mit dem Taxi fahren und die Rechnung durch die Wirtsleute begleichen lassen können, aber dann wären ihre Eltern über die Hotelrechnung damit belastet worden, und das wollte sie keinesfalls. Die ganze Zugfahrt über zitterte sie, dass kein Schaffner käme, aber sie hatte wenigstens einmal Glück. Als der Zug um viertel vor neun in Hergatz einlief und sie ausgestiegen war, fiel ihr ein Stein vom Herzen, und sie atmete tief durch.

Nachdem Jessica davongerannt war, stand Marion eine ganze Weile regungs- und fassungslos auf der Terrasse des Lokals und starrte Löcher in die Luft. Aus ihren Augen schossen wahre Sturzbäche heißer Tränen. Schließlich stützte sie sich mit den Unterarmen auf dem Mäuerchen ab und weinte laut vor sich hin.

Ein Passant, der vorbeikam, fragte besorgt: »Gnädige Frau, brauchen Sie Hilfe?«

Da fuhr sie ihn an, er solle sich gefälligst zum Teufel scheren.

Nachdem der ältere Mann kopfschüttelnd weitergegangen war, dauerte es noch eine ganze Weile, bis Marion sich so weit beruhigt hatte, dass sie wieder einen klaren Gedanken fassen konnte. Ihr wurde klar, dass genau der Super Gau eingetreten war, vor dem sie sich gefürchtet hatte. Denn schlimmer hätte es nicht kommen können. Sie hatte nun nicht nur keine Liebe mehr von Jessica zu erwarten, nein, sie hatte auch ihre Freundschaft und selbst ihre Achtung verloren. Wahrscheinlich würde sie Jessica nie wiedersehen. Das tat noch viel mehr weh als die Schläge und vielleicht sogar die Vergewaltigung durch Fred. Damals war sie durch den Vorhof zur Hölle gegangen, dieses Mal war es die Hölle selbst. Plötzlich erschien ihr das eigene Leben in keiner Weise mehr lebenswert. Für einen kurzen Moment war sie versucht, sich tatsächlich von dieser Terrasse zu stürzen. Tief genug wäre der Abgrund wahrscheinlich gewesen, auch wenn es nicht ganz senkrecht nach unten ging. Dann sagte sie sich aber, dass ihre Angestellten sie brauchten und dass sie schon ihnen zuliebe keinen Blödsinn machen durfte. Vor allem nicht wegen Uschi, die ihr in all den Jahren immer eine gute Freundin gewesen war.

Ganz langsam, als wäre sie innerhalb der letzten Stunde um dreißig Jahre gealtert, trat sie den Rückweg zum Auto an. Sie schwankte wie eine Betrunkene, und die Tränen verschleierten ihren Blick. Marion spürte, wie sie von allen Seiten angestarrt wurde, aber es machte ihr nichts aus, so sehr ging sie in ihrem Schmerz auf. Als sie beim Auto angekommen war, setzte sie sich hinters Steuer und wollte losfahren. Da packte sie ein erneuter Weinkrampf, sie ließ ihren Kopf auf das Lenkrad niedersinken, und sie weinte bestimmt eine halbe Stunde lang. Erst als keine Tränen mehr in ihr zu sein schienen, konnte sie die Kraft aufbringen, nach Lindenberg zurückzufahren.

Jessica war unterdessen in ihrem Hotel angekommen und wollte nur noch in ihrem Zimmer verschwinden, aber Frau Stadler, die nichts Böses ahnte, kam aus der Küche und fragte: »Hatten Sie einen schönen letzten Urlaubstag, Frau Lenz? Ach – da fällt mir ein, haben Sie nicht heute Geburtstag?«

»Ja« war alles, was Jessica herausbrachte.

»Erst mal herzlichen Glückwunsch, und zweitens: Wo ist denn Ihre Freundin?«

»Wir haben uns zerstritten.«

»Ach so«, sagte Frau Stadler nur und fügte nach einigen Sekunden des Nachdenkens hinzu: »Die war ohnehin nicht der richtige Umgang für Sie.«

Wieder kam nur ein »Ja« als Antwort und kurz darauf die Frage: »Könnten Sie mir für morgen früh ein Taxi rufen, damit ich gleich den ersten Zug nach Ulm bekomme?«

»Natürlich. Wie wollen wir es mit der Rechnung machen? Zahlen Sie den Taxifahrer?«

»Setzen Sie das bitte mit auf die Hotel-Rechnung, die Sie meinem Vater schicken, ich bin völlig pleite.«

»Sehen Sie, das haben Sie nur dieser Frau zu verdanken. Sie hat sie dazu animiert, mehr Geld auszugeben, als Sie haben.«

Frau Stadler hatte es bestimmt nur gut gemeint und Jessica aufmuntern wollen, hatte damit aber genau das Falsche gesagt.

»Das ... das kann man so ... so nicht sagen«, brachte sie stockend heraus, verstand selbst nicht, warum sie Marion immer noch verteidigte, und ging dann wortlos die Treppe nach oben zu ihrem Zimmer.

Dort angekommen, konnte sie sich nicht mehr zurückhalten, warf sich aufs Bett und begann hemmungslos zu
weinen. Als der Tränenstrom eine halbe Stunde später
genauso plötzlich versiegte, wie er begonnen hatte, hätte
sie selbst nicht einmal sagen können, warum sie so ab-
grundtief traurig war. Nur eines wusste sie ganz genau.
Sie fühlte sich einsam. Noch tausendmal einsamer, als
sie sich nach Dominiks Tod jemals gefühlt hatte.

13.

Wende

Am nächsten Morgen fühlte Jessica sich wie gerädert. Sie hatte in der Nacht kaum geschlafen, und wenn sie doch einmal kurz von der Müdigkeit übermannt worden war, hatten sich die schrecklichsten Albträume in ihren Schlaf geschlichen. Ganz langsam fiel ihr ein, dass sie erneut von Dominik geträumt hatte. Sein Bild war sonderbar verschwommen gewesen, aber die Sätze, die er zu ihr gesagt hatte, hatten sich fest in ihr Hirn eingebrannt.

»Du hast ihr gesagt, was zu sagen war, und das war gut so. Verbiege dich nicht, und mach nur das, was du selbst willst. Wenn dieser Marion wirklich so viel an dir liegt, wie sie sagt, dann wird sie bestimmt Mittel und Wege finden und noch mal auf dich zukommen. Aber denk dran, lass dich zu nichts drängen, und folge nur deinem Herzen. Du bist jetzt stark genug, du brauchst mich nun nicht mehr. Ich wünsche dir, dass du wieder glücklich wirst, so wie wir es waren.«

Diese Worte hatten sie nur noch mehr verwirrt, deshalb hatte sie sich in unruhigem Schlaf von einer Seite auf die andere gewälzt. Als sie um sieben, wenige Minuten vorm Läuten des Weckers von selbst wach wurde, fiel es ihr siedend heiß ein, dass sie am Vorabend keine Kraft mehr gehabt hatte, den Koffer zu Ende zu packen, und mit einem Satz sprang sie aus dem Bett. Spätestens um halb neun wollte sie schon im Taxi sitzen.

Nun aber schnell unter die Dusche, dachte Jessica und beeilte sich damit. Dann zog sie ihre bequemste Jeans für die Fahrt an und das letzte saubere T-Shirt, das über dem Stuhl hing. Mit flinken Fingern warf sie die restlichen Kleidungsstücke wahllos in den Koffer und wollte ihn abschließen. Mitsamt ihrem Gepäck ging sie hinunter in den Frühstücksraum. Doch so lecker die Brötchen auch aussahen, sie bekam kaum einen Bissen hinunter. Selbst ihre heißgeliebten Rühreier schmeckten geradezu fürchterlich. Sie fühlte sich mindestens so niedergeschlagen wie an dem Tag ihrer Ankunft.

»Ich komme gleich an die Rezeption und unterschreibe die Rechnung, Frau Stadler. Mein Taxi müsste jeden Moment kommen.«

»O weh«, stöhnte die Wirtin auf. »Entschuldigen Sie bitte, das war mein Fehler. Das mit dem Taxi habe ich total verschwitzt. Ich war in Gedanken immer noch bei dem Zug, der um viertel nach zehn in Röthenbach abfährt.«

»Ich möchte es gerne versuchen, den Zug um neun Uhr vierzehn zu erreichen. Meinen Sie, dass das noch klappt?«

Jessica hatte kaum ausgesprochen, als Frau Stadler schon zum Telefon griff.

»In Ordnung, danke«, sagte sie. »Das Taxi kommt gleich, und Sie haben noch genügend Zeit, die Bahn zu erreichen.«

Auch Marion hatte eine fast durchwachte Nacht hinter sich. Nachdem sie auf dem Rückweg nach Lindenberg beinahe noch einen schweren Autounfall verursacht hatte, hatte sie sich wenigstens für die Zeit am Steuer zur Ruhe gezwungen. Kaum hatte sie jedoch die Tür ihres Hotelzimmers hinter sich geschlossen, war sie völlig zusammengebrochen. Sie hatte sich resignierend auf ihr Bett gesetzt und losgeheult wie ein Schlosshund. Sie war so ratlos wie noch nie zuvor in ihrem Leben. Alles, was schiefgehen konnte, war schiefgegangen. Warum hatte sie sich nur verplappert? Wenn sie nichts gesagt hätte, könnte sie die Freundin wenigstens im Geheimen lieben; nun hatte sie wirklich alles verloren. Dann war für einen ganz kurzen Moment ihre Zuversicht zurückgekehrt und hatte ihr sofort einen Plan beschert, wie sie weiter vorgehen wollte.

»Einen Versuch mache ich noch«, sagte sie halblaut zu sich selbst. »Ich fahre morgen früh, bevor sie abreist, zu ihrem Hotel und entschuldige mich bei ihr, auch wenn ich wirklich nicht weiß wofür. Schließlich war sie es, die mich be…, ach, was soll's. Ich biete ihr an, dass alles, was ich ihr bisher angeboten habe, bestehen bleibt, aber ich auch in Zukunft nicht mehr als Freundschaft von ihr will. – Wann wollte sie eigentlich fahren? Ach ja, ihr Zug geht um viertel nach zehn. Das heißt, ich muss spätestens um zwanzig nach neun am Hotel sein.«

Nachdem sie diesen Beschluss gefasst hatte, wurde sie etwas ruhiger und fiel irgendwann nach zwei Uhr schließlich in einen unruhigen Schlaf, aus dem sie kaum ausgeruht, aber voller Tatendrang gegen acht erwachte.

Sie schaffte es tatsächlich, um neun Uhr das Hotel zu verlassen und nur fünf Minuten später vor Jessicas Ferienquartier in Position zu gehen.

Frau Stadler, die Marion mit ihrem roten Flitzer vorm Haus stehen sah, wollte die reiche Alte, wie sie sie insgeheim nannte, eigentlich erst mal schmoren lassen, brachte es aber dann doch nicht fertig. Sie trat an die Haustür und rief: »Hallo, Sie!«

Marion fuhr herum, da sie mit dem Rücken zum Hotel gestanden hatte. »Ja?« Als sie Frau Stadler erkannte, fragte sie: »Ist Frau Lenz noch da?«

»Deshalb rufe ich doch nach Ihnen! Sie ist vor einer halben Stunde mit dem Taxi weg.«

»Wie bitte?«

»Sie wollte einen Zug früher nehmen. Es ging ihr sehr schlecht. Was haben Sie nur mit ihr gemacht?«

»Ich?«, kam es gedehnt zurück. »Nichts, was Sie verstehen könnten. War sie sehr wütend?«

»Ich würde eher sagen – traurig. Mindestens so wie an dem Tag, als sie hier ankam. Dabei hatte doch alles so gut angefangen.«

Wie war das? Jessica war nicht wütend? Traurig hatte Frau Stadler sie genannt. War am Ende doch noch nicht alles verloren?

Nun begann Marion zu rechnen. Wenn sie einen früheren Zug nehmen wollte, wäre das um viertel nach neun. Um zwanzig vor sei sie gefahren, sagte die Wirtin. Jetzt war es … verdammt, der Zug war gerade weg.

»Danke, Frau Stadler, Sie haben mir mehr geholfen, als Sie es für möglich halten«, sagte Marion zu der verblüfften Frau, stieg in ihr Auto und fuhr mit quietschenden Reifen los. Frau Stadler sah ihr entgeistert hinterher und dachte: *Auch mit Geld kann man sich nicht alles kaufen. Freunde schon gar nicht.*

Während Marion ihr Auto über die kurvigen Allgäuer Straßen lenkte, machte sie nun etwas, was sie noch nie gemacht hatte – sie nahm ihr Handy und telefonierte am Steuer. Zuerst rief sie die Auskunft an und ließ sich mit dem Fahrplandienst der Deutschen Bahn verbinden. Als sie endlich den zuständigen Mann an der Strippe hatte, ließ sie sich die Umsteigezeiten der Verbindung von Röthenbach nach Darmstadt geben, mit der Jessica vermutlich unterwegs war. Im Geiste ging sie die Möglichkeiten durch, den Zug doch noch zu erreichen. Neun Uhr siebenundvierzig Immenstadt war Quatsch, selbst wenn wirklich nichts dazwischenkam und sie sämtliche Verkehrsregeln missachtete. Das Auto abstellen, zum Zug laufen und auch noch einsteigen? Das konnte sie schon gar nicht schaffen. Resigniert wollte sie bereits aufgeben und zurück nach Weinheim fahren, aber da kam ihr der rettende Gedanke.

»Wenn Jessica nicht wütend, sondern traurig ist, kann das heißen, dass sie mich auch vermisst«, sagte Marion leise zu sich selbst. »Vielleicht ist die Geschichte mit dem frühen Zug ein Test, wie ernst ich es meine. Vielleicht wartet sie am Bahnhof auf mich.«

Dass diese Theorie so schwach wie Blümchenkaffee war, wusste sie selbst. Dennoch klammerte sie sich an diesen winzigen Strohhalm, als wäre es der einzig rettende Holzbalken mitten in einem reißenden Strom.

Eine Vollbremsung machen und mitten auf der Landstraße wenden war eins. Marion fuhr, als wenn der Teufel hinter ihr her wäre. Schließlich waren es auch bis zum Viertel-nach-zehn-Zug keine dreißig Minuten mehr, und sie hatte noch gut und gern fünfzehn Kilometer auf dieser kurvigen Landstraße zurückzulegen.

Plötzlich kam ein Traktor aus einem schmalen Seitenweg gefahren. Marion riss das Steuer hart herum und stieg in die Bremsen, konnte aber trotzdem nicht verhindern, dass der Wagen ins Schlingern geriet und von der Straße abkam. Sie fuhr direkt in einen frisch umgepflügten Acker, und innerhalb von Sekunden gruben die durchdrehenden Räder sich immer tiefer in den Boden. Jetzt war Jessica endgültig weg.

Jessica saß auf dem Rücksitz des Taxis und verstand die Welt nicht mehr. Vor einer Stunde war sie noch felsenfest davon überzeugt gewesen, dass sie so schnell wie möglich abreisen müsse und Marion, das Allgäu und alles, was damit zusammenhing, vergessen. Doch je näher sie dem Bahnhof von Röthenbach kam, umso mehr zweifelte sie daran, dass sie wirklich das Richtige tat. Es war ihr zwar klar, dass sie Marion nicht liebte, da sie nun mal nicht auf Frauen stand. Aber war es richtig gewesen, dieser, nur weil sie anders empfand, unlautere Motive zu unterstellen? Konnte es nicht sein, dass sie ihr am Anfang freundschaftlich gesinnt war und erst später gemerkt hatte, dass da mehr war?

Nun ja, dachte sie, als sie ausgestiegen war und dem wegfahrenden Taxi hinterhersah. *Ich werde ihr von zu*

Hause einen Brief schreiben und sehen, wie sie darauf
reagiert. Vielleicht können wir bei unserer Freundschaft
irgendwann dort anknüpfen, wo wir vor diesem unglück-
seligen Geständnis angekommen waren. Wenn nicht, habe
ich wenigstens gelernt, dass das Leben auch noch lebenswert
sein kann und nicht zu Ende ist, wie ich es vor der Reise
glaubte. Allein für diese Erkenntnis müsste ich ihr ewig
dankbar sein. Von dem dicken Ast auf Mainau mal ganz
zu schweigen.

Jessica bemerkte, dass sie noch immer an der Stelle stand, wo sie das Taxi verlassen hatte. Auch dass sie bereits seit fast zehn Minuten auf diesem Platz verharrt hatte. Sie schüttelte den Kopf und blickte auf die Bahnhofsuhr: Allerhöchste Zeit, auf den Bahnsteig zu gehen, in drei Minuten würde der Zug einlaufen. Sie nahm den Koffer hoch, den sie am Morgen in aller Windeseile gepackt hatte. An den Ecken lugte noch der ein oder andere Stofffetzen heraus. Genau in dem Moment, da ihr bewusst wurde, dass sie vergessen hatte, ihn am Morgen abzuschließen, sprang zuerst das eine, dann das andere Schloss auf, und der Deckel klappte wie in Zeitlupe zu Boden. Auch das noch.

Schnell klaubte sie die beiden Jeans, die sie achtlos in den Koffer geworfen hatte, vom staubigen Boden auf und steckte sie wieder hinein. Dann klappte sie den Koffer zu und schloss ihn diesmal sorgfältig ab. Da sah sie auch schon den Zug einfahren. Jessica rannte mitsamt ihrem Koffer zur Unterführung hin, und gerade als sie den ersten Fuß auf die Treppe nach oben setzte, hörte sie den Zugbegleiter das Abfahrtssignal geben. Nur drei

Stufen später setzte der Zug sich schwerfällig in Bewegung. Als sie oben ankam, hatte er den Bahnsteig schon hinter sich gelassen.

»Scheiße, der ist weg«, rief Jessica so laut, dass es in der Unterführung widerhallte.

Sie war sich im Klaren darüber, dass sie zu sehr getrödelt hatte. Jessica sah sich um – eine Stunde lang auf dem zugigen Bahnsteig herumzusitzen war ganz und gar nicht das, was sie wollte. Da fiel ihr Blick auf die kleine Bahnhofskneipe, die ihr bislang noch nicht aufgefallen war. Drinnen brannte eindeutig Licht.

Jessica nahm ihren schweren Koffer erneut auf und stapfte hinüber. Außer dem Wirt war allerdings niemand in der Gaststube. Sie setzte sich an einen Tisch nahe der Theke. Sie wollte sich etwas zum Trinken bestellen, da fiel ihr ein, dass sie überhaupt kein Geld mehr hatte.

Im gleichen Augenblick trat der Wirt an ihren Tisch heran und fragte: »Was kann ich Ihnen bringen?«

»Äh, nichts, ich warte nur auf den Zug.«

»Das hier ist kein Wartesaal. Schließlich muss ich auch von was leben.«

»Das ist mir schon klar, aber ich habe kein Geld mehr.«

Der Wirt wollte schon resignierend wieder hinter seiner Theke verschwinden, da rief Jessica ihn zurück. Sie hatte sich gerade daran erinnert, dass ihr der Vater lächelnd etwas in der Außentasche ihres Koffers verstaut hatte, als sie zu Hause ins Taxi gestiegen war. Damals hatte sie es gar nicht richtig registriert, war sich nun aber sicher, dass es ein Geldschein gewesen war. Sie schaute nach und stellte erstaunt fest, dass es ein Fünfziger war.

Das hatte sie nicht erwartet.

»Bringen Sie mir bitte ein Kännchen Kaffee«, bat sie den verdutzten Wirt. Der Mann ging hinter seine Theke zurück und stellte die Kaffeemaschine an. Ganz nebenbei drehte er das Radio lauter, in dem Bayern eins eingestellt war. Der Sprecher verlas gerade den Wetterbericht der Halb-zehn-Uhr-Nachrichten. Danach folgte der Verkehrsfunk, der von einem Stau irgendwo bei Aschaffenburg berichtete. Das interessierte Jessica nicht die Bohne. Erst als der Sprecher darauf ein Lied von Claudia Jung ankündigte und der Wirt das Radio noch lauter drehte, horchte Jessica auf.

Schon bei den ersten Takten erkannte sie, es war eines ihrer Lieblingslieder der Sängerin – Amore, Amore. Aber erst als die Textpassage kam: »Aus einem Tal, das die Sonne nicht fand, führtest du mich in ein schöneres Land, überall Blumen und Licht – Amore, Amore«, fiel es ihr wie Schuppen von den Augen. Genau das traf auf Marion und sie zu. Marion hatte sie aus dem Dunkel ins Licht geführt. Ihr das Leben zurückgegeben und sich dabei in sie verliebt. Sie hätte Marion dafür nie so anfahren dürfen – aber was war mit ihren Gefühlen ihr gegenüber? Wie ein zweiter, noch viel heftigerer Donnerschlag traf sie die Erkenntnis, dass Marion ihr bereits jetzt entsetzlich fehlte. Auch wenn sie in diesem Moment noch nicht bereit war, ihre Gefühle Marion gegenüber Liebe zu nennen, fühlte sie, dass es dennoch irgendwie darauf hinauszulaufen schien. Sie konnte sich nicht daran erinnern, irgendwann einmal in ihrem bisherigen Leben so ähnlich empfunden zu haben. Aber wie konnte es denn nun so sein?

Von ihren neu entdeckten Gefühlen verwirrt und ihrem Verlust, den sie jetzt erst so richtig zu begreifen begann, in tiefe Trauer gestürzt, schossen ihr die Tränen in die Augen, und als der Wirt den Kaffee vor ihr abstellte, sagte sie mit trockener Stimme: »Bringen Sie mir bitte einen Cognac, aber einen doppelten.«

»Geht es Ihnen gut? Kann ich helfen?«

»Nein, das können Sie nicht, denn ich habe den größten Fehler meines Lebens gemacht und alles verspielt.«

»Im Casino?«, und im gleichen Moment erklang passenderweise im Radio der Siebziger-Jahre-Schlager von Gitte: »Ich hab die Liebe verspielt in Monte Carlo.«

Jessica sagte mehr mechanisch: »Nein, wenn es nur das wäre. Es geht um …« Beinahe hätte sie gesagt: Meine Freundin, aber der Wirt kam ihr zu Hilfe und fragte: »Liebe, wie in diesem Lied?«

»Eine große und tiefe Liebe«, gestand Jessica, »aber ich habe durch meine Dummheit alles verdorben.«

»Dann geht der Cognac aufs Haus.«

Nun, da Jessica sich eingestanden hatte, dass auch sie sehr viel mehr als nur Freundschaft für Marion empfand, traf sie die Erkenntnis, dass dieses Einsehen zu spät gekommen war, noch viel härter. Sie kippte den Cognac und bestellte gleich den nächsten.

»Aber was ist mit Ihrem Zug?«, fragte der Wirt. Es kam keine Antwort, denn Jessica starrte gedankenverloren auf die Tischplatte. Dass sie nach Hause fahren wollte, schien sie völlig vergessen zu haben. Sie rührte sich keinen Millimeter von der Stelle, als ihr Zug im Bahnhof eintraf. Auch den nächsten und übernächsten Regionalexpress ließ sie davonfahren, ohne darauf zu reagieren. Im Grunde regte sie sich nur, wenn sie einen weiteren Cognac bestellte. Als sie den fünften getrunken hatte, drang irgendwie zu ihr durch, dass sie in Darmstadt von ihren Eltern gegen eins erwartet wurde, aber selbst, wenn sie den nächsten Zug nun wirklich nehmen würde, nicht mehr vor siebzehn Uhr ankäme. Sie musste sie anrufen. Da ihr das Radio zum Telefonieren zu laut war, nahm sie ihr Handy und ging – oder vielmehr: wankte – auf den Gang zu den Toiletten. Sie nahm sich vor, sich gegenüber ihren Eltern nichts anmerken zu lassen und nur zu erzählen, dass sie den Zug verpasst habe.

Kaum war Jessica draußen, da ging die Tür zur Gaststube auf und eine Frau, die über und über mit Lehm beschmiert war, betrat das Lokal. Sie sah sich im Raum um, als wenn sie etwas suchte. Dann setzte sie sich an einen freien Tisch in der Ecke.

»Was haben Sie denn gemacht?«, fragte der Wirt, als er an ihren Tisch trat.

»Ich bin gerast, hatte einen Unfall und bin doch zu spät gekommen«, erklärte Marion niedergeschlagen, nachdem sie festgestellt hatte, dass Jessica nicht da war. Wie hätte es auch sein sollen? Es war eine Verrücktheit, noch mal hierherzufahren. Jessica war bestimmt schon fast zu Hause.

»Kann ich Ihnen helfen?«

»Nein, oder doch. Bringen Sie mir bitte einen starken Kaffee und einen Cognac. Das ist das Einzige, was mir jetzt noch hilft.«

»Was ist denn heute los«, dachte der Wirt halblaut und

stirnrunzelnd. »Eine Frau nach der anderen, die Cognac trinkt und ausschaut, als ob sie Hilfe braucht.«

Marion hatte jedes seiner Worte verstanden.

»War vorhin schon mal eine Frau da?«

»Sie ist noch da, nur gerade auf der Toilette. Dort steht ihr Koffer.«

Marion sprang von ihrem Platz auf. In dem Moment öffnete sich die Tür, die zu den Toiletten führte, und Jessica, die schon ziemlich Schlagseite hatte, kam herein. Innerhalb von Sekundenbruchteilen erkannten die beiden Frauen sich, rannten aufeinander zu und fielen sich in die Arme.

»Jessica, mein Schatz. Ich dachte schon, ich hätte dich für immer verloren«, stammelte Marion.

»Nein, für immer gefunden. Erst jetzt weiß ich, wie viel ich für dich empfinde.«

Jessica hatte den Satz noch nicht ganz beendet, da begannen die beiden sich heftig und leidenschaftlich zu küssen.

Der Wirt schüttelte den Kopf, schmunzelte und dachte, dass ihm das in der kleinen Stammtischrunde, die am Abend in seinem Lokal tagte, keiner glauben würde. Dann zog er sich diskret zurück, da er schon fast den Eindruck hatte, die beiden wollten gleich übereinander herfallen. So bekam er gar nicht mit, dass Marion einen viel zu großen Schein als Bezahlung auf den Tisch legte, Jessicas Koffer schnappte und mit ihr untergehakt die Gaststube verließ.

Epilog

Ziemlich genau zehn Monate nach ihrem spektakulären Zusammenfinden saßen Marion und Jessica im Bademantel auf der Terrasse ihres Hauses. Jessica hatte den Garten und die gesamte Außenanlage des riesigen Grundstückes traumhaft schön gestaltet und sogar dem völlig vergammelten Pool neues Leben eingehaucht.

Sie hatte wahre Unsummen von Geld hineingesteckt, und Marion hatte manchmal scherzhaft gesagt: »Wenn du so weitermachst, muss ich noch das Auto verkaufen.«

Das Ergebnis konnte sich dafür aber wirklich sehen lassen.

»Erinnerst du dich noch daran, wie wir uns damals in Meersburg gezofft haben?«, fragte Jessica ihre Lebensgefährtin.

»Allerdings. Und wenn ich daran denke, vergeht mir alles. So traurig wie damals war ich noch nie.«

»Mir ging's genauso. Vor allem die Rückfahrt im Zug war der reinste Horrortrip.«

»Wie meinst du das?«

»Ich hatte doch keinen Cent mehr und bin schwarzgefahren. Was meinst du, wie ich gezittert habe!«

»Das kann ich mir denken, ach, du liebes bisschen. Was machen wir beide nur für dumme Sachen?«

»Na ja, das ist jetzt vorbei.«

»Hoffentlich.«

»Aber nun mal was ganz anderes. – Weißt du, womit ich überhaupt nicht gerechnet habe?«

»Na?«

»Dass meine Eltern und mein Bruder es so locker nehmen, dass ich jetzt mit einer Frau zusammenlebe – und diese auch noch heiraten will. Bei meinem Vater und meinem Bruder hat es etwas gedauert, aber Mutti hat spontan gesagt: ›Wichtig ist, dass du wieder glücklich bist. Alles andere zählt nicht. So schlimm wie du nach Dominiks Tod ausgesehen hast, konnte es definitiv nicht weitergehen.‹«

»Kluge Frau«, sagte Marion anerkennend.

»Du wirst sie morgen kennenlernen, wenn wir zu Papas siebzigstem Geburtstag rüberfahren.«

»Dein Vater hat wirklich nichts dagegen?«, fragte Marion bestimmt schon zum zehnten Mal, denn bislang hatte es eher so ausgesehen, dass er sich sehr schwer damit tat, die Gegebenheiten zu akzeptieren. Schließlich hatte er seinen Schwiegersohn Dominik sehr ins Herz geschlossen gehabt.

»Ganz bestimmt nicht. Als ich neulich zu Hause war, habe ich etwas miterlebt, das hätte ich früher so nicht für möglich gehalten.«

Jessica erzählte Marion aus Rücksichtnahme nicht sehr oft von der Familie. Schließlich wusste sie, wie sehr und wie lange ihre Freundin unter dem Tode der Eltern gelitten hatte.

»Du weißt doch, dass Tanja, meine Schwägerin, mich noch nie sonderlich gut leiden konnte. Bislang hat sie das nicht so offen zur Schau gestellt. Seit ich mit dir zusammenlebe, ist das anders. Jetzt geht sie völlig offen gegen mich vor.«

»Wie denn das?«

»Sie hat in meiner Gegenwart zu meiner Mutter gesagt: ›Ich kenne euch gar nicht wieder. Ihr seid doch gläubige Katholiken, und da lasst ihr es zu, dass eure Tochter in Sünde lebt? Ich weiß nur eines, Bianca und ihre Geschwister soll dieser Umgang nicht verderben. Jessica bekommt meine Kinder so schnell nicht mehr zu Gesicht‹. – Was meinst du, was mein Bruder da erwidert hat?«

»Keine Ahnung, aber sag doch.«

»Er hat allen Ernstes gesagt, dass er da auch noch ein Wörtchen mitzureden habe und Bianca ihre Patentante sehen dürfe, wann immer sie wolle, und ihre Geschwister auch. Außerdem würden alle drei sehr an mir hängen.«

»Das finde ich toll von deinem Bruder. Was sich deine Schwägerin da leistet, das ist doch der Gipfel.«

»Ja, und es wurde noch schlimmer, denn mein Vater kam gerade zur Tür herein. Da hat sie zu ihm gesagt: ›Wenn Jessica mein Kind wäre, ich hätte sie verstoßen. Ich hätte es mir nicht bieten lassen, dass sie Moral und Anstand so mit Füßen tritt.‹«

»Ach, du meine Güte, in welchem Jahrhundert lebt die denn?«

»Papa hat darauf prima reagiert, zumal ich bis dahin nicht so recht wusste, wie er nun zu unserer Liebe steht. Er sagte nämlich: ›Wie du mit deinen Kindern umspringst ist deine Sache, da will ich dir nicht reinreden, obwohl mir oft genug die Galle hochkommt. Jessica ist aber immer noch unsere Tochter, und ich verbitte es mir, dass du uns vorzuschreiben versuchst, wie wir mit unserem Kind umzugehen haben. Jessica hat in der Vergangenheit viel Schlimmes erlebt, und wenn sie daraus den Schluss zieht, dass sie nur mit einer Frau glücklich werden kann, ist das vollkommen in Ordnung. Sie wird immer und ewig unser Kind bleiben, egal wie sehr du gegen sie intrigierst. Meinst du vielleicht, ich hätte die spitzen Pfeile nicht bemerkt, die du schon seit Jahren gegen sie abschießt? Ganz blöde bin ich auch nicht.‹

Dann sprach Papa mich direkt an: ›Nächsten Monat, zu meinem Siebzigsten, bringst du deine Marion zur Feier mit. Wir haben uns ohnehin viel zu lange Zeit gelassen, sie willkommen zu heißen. Jetzt nehmen wir sie in unserer Familie auf.‹«

»Das hat dein Vater wirklich gesagt?«, wollte Marion ungläubig noch einmal bestätigt bekommen.

»Ja, und daraufhin hat Tanja wutentbrannt gesagt: ›Wenn ihr das macht, kommen wir nicht‹, und mein Vater hat gefragt: ›Was heißt wir?‹ Was meinst du, was Tanja darauf geantwortet hat: ›Ganz einfach euer Sohn, unsere Kinder und ich.‹«

»Soll ich nicht lieber zu Hause bleiben? Willst du nicht allein hinfahren? Ich will keinen Keil in eure Familie treiben.«

»Das tust du nicht, Tanja steht alleine da.«

»Ich denke, dein Bruder …«

»Oliver hat sich von den Äußerungen seiner Frau auf der Stelle deutlich und offen distanziert. Was glaubst du wohl, was es bei denen für einen Krach gegeben hat?«

»Das kann ich mir vorstellen. Wollen wir unsere Hochzeit eigentlich groß feiern? In zwei Monaten ist es so weit.«

»Viele Freunde haben wir ja nicht. Was hältst du davon, meine Familie – Schwägerin inklusive, sollte sie sich bis dahin wieder einkriegen – und deine Mitarbeiterinnen, samt Anhang, versteht sich, schön zum Essen bei unserem Griechen einzuladen?«

»Gute Idee, genau das werden wir machen. Ach ja, bevor ich es vergesse: Ich habe bereits mit Uschi gesprochen, sie wird dich ab kommenden Montag in die Geheimnisse der Geschäftsführung einführen. Damit du, wenn sie in Rente geht, einen der beiden Läden allein leiten kannst. Leider geht das aber nur in Viernheim. Ich kann es Uschi unmöglich zumuten, für die nächsten zwei Jahre tagtäglich nach Weinheim zu fahren.«

»Das macht mir nichts aus, mit der Straßenbahn sind es ja nur zehn Stationen.«

»Mit den Fußwegen zur Bahn und zum Laden bist du ewig unterwegs.«

»Das geht schon.«

»Ich weiß was Besseres.«

»Was denn?«

»Du bekommst zur Hochzeit ein Auto von mir geschenkt. Nächste Woche ziehen wir los und suchen eins aus. Okay?«

»Das ist doch nicht nötig.«

»O doch.«

»Ach Schatz, du bist die beste Partnerin, die ich mir wünschen könnte«, erklärte Jessica, trat von hinten an

Marions Gartenstuhl heran und umarmte sie. »Was wollen wir heute Abend machen?«

Marion sah Jessica ganz entgeistert an und sagte: »Wir wollen doch zum Griechen.«

»Bist du dir da ganz sicher?« war alles, was Jessica sagte. Sie ließ ihren Bademantel, unter dem sie vollkommen nackt war, zu Boden gleiten und sprang in den Pool.

Solch ein Angebot ließ Marion sich nicht entgehen. Auch ihr Bademantel rutschte zu Boden. Sie sprang mit einem kühnen Hechtsprung ins Wasser und tauchte dicht bei Jessica wieder auf.